HiLFEEE
Alois Black
SARGDESIGNER
Peinlich!
Kino!
Krass
oh no!

Cally Stronk
Constanze von Kitzing

Unheimlich peinlich
Das Tagebuch der Ruby Black

Cally Stronk ist Autorin. Sie wollte schon immer mal eine Geschichte schreiben, die auf einem Friedhof spielt. Denn sie hat in ihrer Jugend (fast direkt) neben einem Friedhof gewohnt. Ganz zufälligerweise hat Cally auch einen kleinen und einen großen Bruder, ansonsten ist die Geschichte aber auf jeden Fall komplett ausgedacht. Ähnlichkeiten mit lebenden Personen sind rein zufällig, alles andere wäre doch unheimlich peinlich!

Constanze von Kitzing
ist Illustratorin. Sie musste als Kind immer in der Dämmerung über den Friedhof gehen, um vom Bauernhof Milch zu holen. Deshalb hat sie jetzt vor nichts und niemandem mehr Angst. Na gut, außer vor Spinnen, Dunkelheit, zu schnellen Autos, davor, dass das Essen anbrennt, dem Klimawandel und vor schlechten Rezensionen.

lly Stronk ist Autorin. Sie lte schon immer mal eine Geichte schreiben, die auf einem edhof spielt. Denn sie hat in ihrer end (fast direkt) neben einem edhof gewohnt. Ganz zufälligerse hat Cally auch einen kleinen einen großen Bruder, ansonsten die Geschichte aber auf jeden Fall nplett ausgedacht. Ähnlichkeiten lebenden Personen sind rein zufälalles andere wäre doch unheimlich nlich!

Constanze von Kitzing ist Illustratorin. Sie musste als Kind immer in der Dämmerung über den Friedhof gehen, um vom Bauernhof Milch zu holen. Deshalb hat sie jetzt vor nichts und niemandem mehr Angst. Na gut, außer vor Spinnen, Dunkelheit, zu schnellen Autos, davor, dass das Essen anbrennt, dem Klimawandel und vor schlechten Rezensionen.

Cally Stronk

UNHEIMLICH PEINLICH

Das Tagebuch der Ruby Black

mit Illustrationen von

Constanze von Kitzing

dtv

Ausführliche Informationen über unsere
Autorinnen und Autoren und ihre Bücher
finden Sie unter www.dtv.de

FSC
www.fsc.org
MIX
Papier aus verantwortungsvollen Quellen
FSC® C005833

Originalausgabe
4. Auflage 2020

Text: Cally Stronk
Umschlagbild und Innenillustrationen: Constanze von Kitzing
Layout: Constanze von Kitzing
Polishing: Christian Friedrich
Autorin und Illustratorin werden vertreten durch die
Autoren- und Projektagentur Gerd F. Rumler (München)
Gesetzt aus der Avenir
Satz: Kösel Media GmbH, Krugzell
Druck und Bindung: Těšínská tiskárna, Český Těšín
Printed in Czech Republic · ISBN 978-3-423-76274-8

»In einer irrsinnigen Welt vernünftig sein zu wollen, ist wiederum ein Irrsinn für sich.«

Voltaire

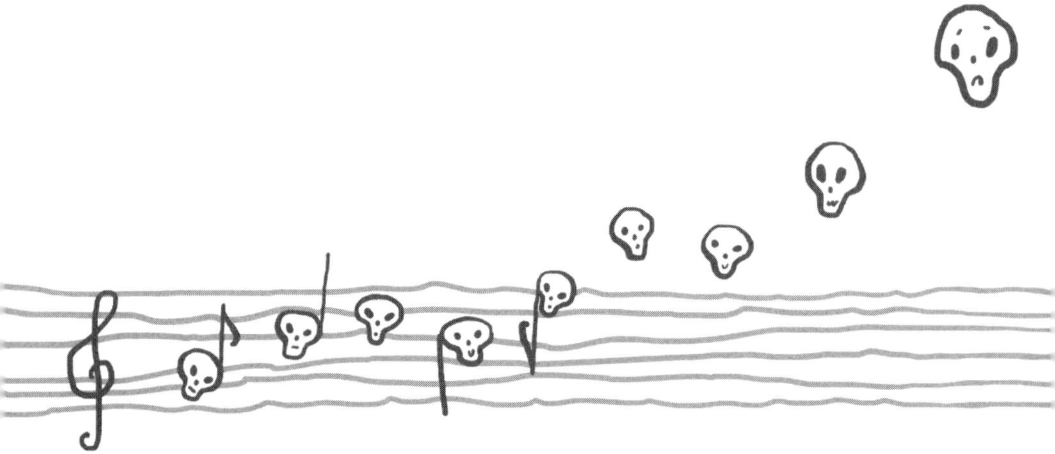

Meine peinliche Geschichte

Das, was mir in den letzten Wochen passiert ist, glaubt mir kein Mensch. Ich selbst kann es kaum fassen. Deshalb habe ich beschlossen, die ganze Geschichte aufzuschreiben. Sie ist denjenigen gewidmet, die in peinlichen Familien gefangen sind. Leute, eins ist sicher: Ich versteh euch! Denn ich lebe in der peinlichsten Familie überhaupt.

Wenn ihr die Kurzfassung von meiner Geschichte hören wollt, hier ist sie:
Wegen meinen peinlichen Eltern und ihrem schrecklich peinlichen Business musste ich erst die Schule wechseln, dann musste ich den mir zugewiesenen Schulpsychologen therapieren. Und anschließend wurde ich auch noch beinahe aus Versehen von einem durchgeknallten Hausmeister mit einer Harpune erschossen.
Aber das ist noch längst nicht alles!
Bei der ganzen Sache wurde ich nämlich von ein paar neugierigen Zwillingen verfolgt und gefilmt.
Und dann war da auch noch die Erpressung. Und **BEN** ...

Aber mal ganz von Anfang an:

Ich bin Ruby.

Eigentlich heiße ich Rubinia Rosalinde Black. Hört sich bescheuert an, oder?
Und dieser Name ist noch lange nicht das Schlimmste in meinem Leben. Seit elf Jahren, drei Monaten und genau acht Tagen lebe ich jetzt schon mit der absolut peinlichsten Familie der Welt zusammen. Nicht dass ihr jetzt denkt, ich bin adoptiert worden – nein, das hab ich schon überprüfen lassen.

lalolaaalaaalaaalalaaaa

Leider hat mich keiner adoptiert – meine Mutter hat mich höchstpersönlich an einem heißen Julitag auf die Welt gebracht.

Wie meine Geburt lief, haben mir meine Eltern schon oft erzählt. Es war in etwa so:

»PRESSEN, PRESSEN!« riefen mein Vater und die Hebamme im Chor. Meine Mutter gab alles. Sie schrie und grunzte und sang dabei lauthals. Ihr müsst wissen, meine Ma ist eine begnadete Sängerin … egal … Irgendwann war ich da! Klein und verknautscht und vor allem knallrot! (Klar, ich hatte ja auch ’ne anstrengende Reise hinter mir!)

Und weil ich so rot war, rief meine Mutter: »Ich hab’s! Sie heißt Rubinia!«

Rubinia heißt nämlich »die Rote«.

Hätte es ein Wort für »die Knallrote« gegeben, hätte ich bestimmt das als Name bekommen. Aber wie auch immer, jedenfalls kam dann mein erster großer peinlicher Moment, der sogar in einem Foto festgehalten wurde und nun in unserem Wohnzimmer hängt:

Meine Mutter zog mir einen Strampler an, auf dem stand: **Kleiner Windelkacker**

Dazu schaute ich komisch verknautscht und mit verstrubbelten Haaren in die Kamera. Oh Mann, damit hab ich mich bestimmt auf der gesamten Säuglingsstation blamiert! Das Foto im Wohnzimmer erinnert mich jeden Tag daran. Und viele peinliche Fotos folgten …

Eigentlich könnten wir in unserem Wohnzimmer eine Galerie der Peinlichkeit eröffnen, die Besucher würden uns bestimmt die Bude einrennen.

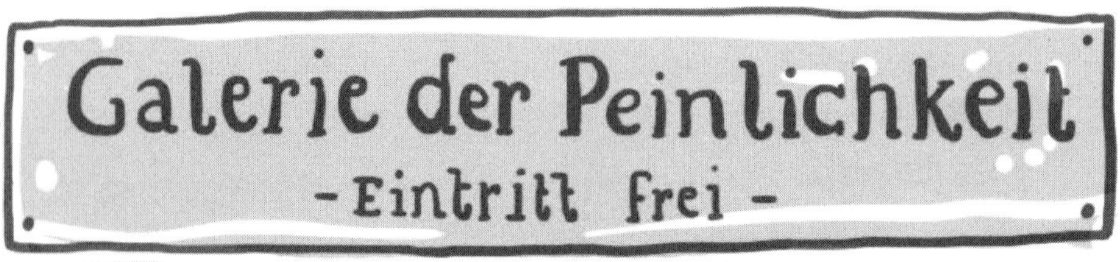

Ich hab mir schon so oft gewünscht, dass meine Eltern einfach **NORMAL** sind. Dann wäre ich ein **NORMALES** Kind an einer **NORMALEN** Schule und niemand würde sich lustig über mich machen. Und dann hätte ich auch nicht die Schule wechseln müssen.

Aber nein, schon wenn man meine Eltern von Weitem sieht, merkt man, dass sie nicht alle Tassen im Schrank haben. Wortwörtlich. Nicht nur, dass meine Mutter und mein Vater aussehen, als wären sie aus einem alten SCHWARZWEISSFILM gesprungen, sie können auch ordentlich wütend werden. Wenn sie sich streiten, dann ist das eine Mischung aus Kasperletheater und Wurfbude. Dabei sind auch schon so einige Tassen und Teller bei uns durch die Küche geflogen, und die fehlen jetzt im Schrank. Aber das ist eine andere Geschichte.

Oh, schon zwanzig vor acht. Am ersten Tag in meiner neuen Schule will ich auf keinen Fall zu spät kommen!

»Ruuuuubyyyy!« Wenn man vom Teufel spricht …

»Kommst du runter? Ich hab Pfannkuchen mit Erdbeersoße gemacht!«

Hat Mom da wirklich gerade Pfannkuchen gesagt?

Ich lieeeeebe Pfannkuchen mit Erdbeersoße!

Meine Mutter ist echt die Beste. Also beeile ich mich. Ich bin ja sowieso so gut wie fertig. Ich hab mir ein schlichtes *hellblaues* Kleid angezogen. Das ist perfekt für den ersten Schultag. Das ist nämlich das Allerwichtigste! Die richtigen Klamotten zur richtigen Zeit. Besonders wenn man auf eine neue Schule kommt. Da darf man bloß nichts falsch machen. Und ich muss euch echt sagen, ich bin TIERISCH NERVÖS Es ist nämlich nicht so, dass ich ganz normal die Schule wechsle, sondern mitten im Schuljahr. Weil so ein paar Zicken mich übelst fertigmachen wollten. Weil ich angeblich nicht normal bin. Stimmt aber gar nicht. Nur meine Familie ist nicht normal. Aber das darf an meiner neuen Schule niemand erfahren.

»RUBINIA ROSALINDE BLACK!«

BOAH, ist ja gut, ich komme ja schon!

Schnell laufe ich die Treppe hinunter. Voilà, das ist unsere Küche! Jetzt habt ihr mal den vollen Überblick über meine fürchterliche Familie.

Ganz links, der Kleine mit den schwarzen gegelten Haaren und den grünen Augen – ja, genau der mit dem Hemd, wo das gefaltete Taschentuch rausguckt –, das ist mein kleiner Bruder Horatio. Mit vollem Namen heißt er Horatio Fritz Black. Er hält sich selbst für hochbegabt, nachdem er zwei Klassen übersprungen hat.

Total nervig. Obwohl er erst neun ist, ist er schon YouTube-Star. Im Netz denkt er sich Fake News über Außerirdische und anderen Quatsch aus. Top-Ten-Videos über die giftigsten Tiere der Welt und so. Jetzt wisst ihr auch, wer die bescheuerten Videos gemacht hat, wo zum Beispiel behauptet wird, dass Elvis ein Außerirdischer war. Oder wo angeblich ein Aliengehirn an den Strand gespült worden ist. Diesen Mist produziert MEIN kleiner Bruder. Und die Leute glauben diesen Schwachsinn auch noch wirklich und klicken das millionenfach an.

Aber ich kann euch eins verraten: Die Sache mit dem Aliengehirn war in Wirklichkeit nur ein ausgekippter Vanillepudding!

ECHT SCHRÄG!

Meine Mutter kennt ihr ja nun schon. Celeste Mathilde Black. Sie hat dieselbe Haarfarbe wie mein kleiner Bruder und ich – und eigentlich sowieso alle in meiner Familie: PECHSCWARZ. Sie liebt ausgefallene Kleider und Röcke und trägt immer roten Lippenstift. Wenn sie irgendwo langgeht, hinterlässt sie stets einen Duft nach Parfum und Kuchen. Ja, Kuchen!

Mmmmm lecker …

Meine Mom führt nämlich ein kleines Café. Als sie meinen Vater kennenlernte und zu ihm in die alte Villa zog, bot sich die passende Gelegenheit. Der Besitzer des Friedhofscafés starb und sie konnte den Laden übernehmen. Manch einer munkelt, sie hätte ihn vergiftet. Aber das ist natürlich Quatsch. Eigentlich war es immer ihr Traum, Hochzeitstorten zu backen.

Na ja, jetzt tobt sie sich halt hier aus.

Meine Mutter liebt es, beim Backen Musicals zu singen. Hin und wieder verwendet sie dabei einen Kochlöffel als Mikrofon – echt peinlich!

Aber sie ist trotzdem sehr lieb und macht anderen Menschen gern eine Freude. Worüber die sich nicht immer freuen …

Das neben meiner Mutter, der mit dem Schnurrbart, ist mein Vater: Alois Black.

Mein Vater ist … ähm … tja … wie soll ich sagen … er ist Designer.

Zusammen sind meine Eltern total irre. Sie wissen echt nicht, was sie wollen. Erst streiten sie sich, dass die Fetzen (bzw. die Kaffeetassen) fliegen. Dann sitzen sie schwer verliebt beieinander und nennen sich bei den schrägsten Kosenamen.

SCHRECKLICH! Die Einzige, die mich ein bisschen versteht, ist meine Oma Ottilie, die Mutter meines Vaters. Ja genau, die mit den langen weißen Haaren.

Meine Oma führt den Blumenladen am Friedhof und ist, wenn sie gerade nicht arbeitet, meistens im Garten zu finden. Sie hat da auch ein eigenes Gewächshaus und züchtet dort Heilkräuter gegen sämtliche Krankheiten. Ich glaub, deshalb hat sie auch so viele Freundinnen. Mit denen macht sie neuerdings sogar gemeinsam SPORT.

Und da kommt gerade mein großer Bruder: der schlaksige Typ mit der Nickelbrille und den abstehenden Ohren heißt Constantin Otto Black. Er ist 15 und macht meist sein eigenes Ding. In seinem Zimmer hat er ein Tarnnetz gespannt (mit den ganzen Blättern sieht es aus wie in einem Dschungel) und sein Fahrrad sowie mehrere Gitarren an die Wand gehängt. Er spielt nämlich in einer Band. Die heißt NGIOMGADH (Das ist die Abkürzung für *Niemals gehe ich ohne meine Gitarre aus dem Haus.*) Die machen richtig gute Musik. Allerdings suchen sie

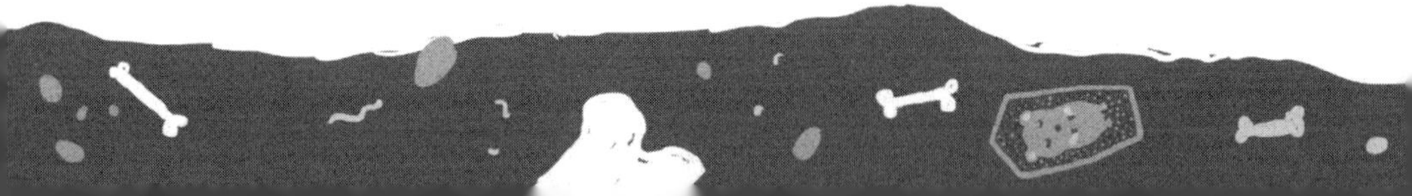

schon lange nach einem neuen Sänger. Scheint nicht so einfach zu sein, gute Sänger zu finden … Bei Consti (Neuerdings mag er es überhaupt nicht, wenn man ihn so nennt – versteh ich gar nicht!) wohnen einige exotische Tiere. Er besitzt zwei Schlangen, ein CHAMÄLEON, eine VOGELSPINNENSAMMLUNG und eine RATTE namens Anthrax.

Er hat die Ratte nach dem hochinfektiösen Milzbranderreger benannt, nicht nach der berühmten Heavy-Metal-Band aus den 90er-Jahren, die sich nach dem hochinfektiösen Milzbranderreger benannt hat. Anthrax ist echt schlau. Consti hat ihr allerhand Tricks beigebracht, aber schaut mal selbst:

Übrigens: Consti sammelt allerlei KNOCHEN – praktisch für ihn, dass wir auf dem Friedhof wohnen.

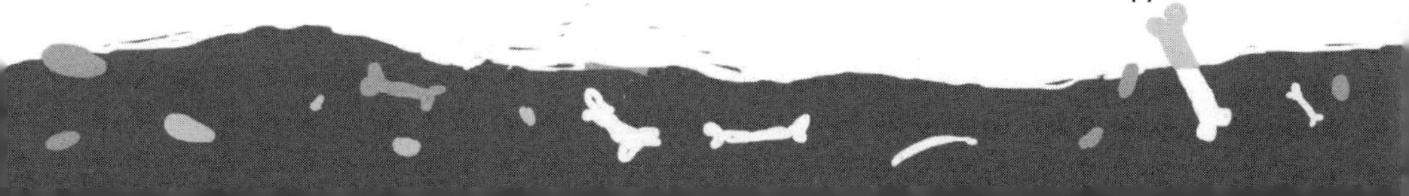

Das ist sowieso das **KRASSESTE** überhaupt! Das ALLERSCHLIMMSTE an der ganzen Sache! Ich hab nämlich nicht nur eine *TOTAL SCHRÄGE*, oberpeinliche Familie – wir wohnen auch noch **AUF** dem Friedhof. Ja, ihr habt richtig gelesen: wir wohnen **AUF** dem Friedhof, nicht AM Friedhof. Und meine Familie ist total verstrickt in das Friedhofsbusiness. Meine Mutter führt ja kein normales Café, sondern das Friedhofscafé! Und mein Vater ist kein normaler Möbeldesigner … Er entwirft Erdmöbel, also Särge!!! Ja, ich hör euch schon:

Das haben die in meiner alten Schule auch gedacht.
Und genau deshalb wird es in meiner
neuen Schule keiner erfahren!

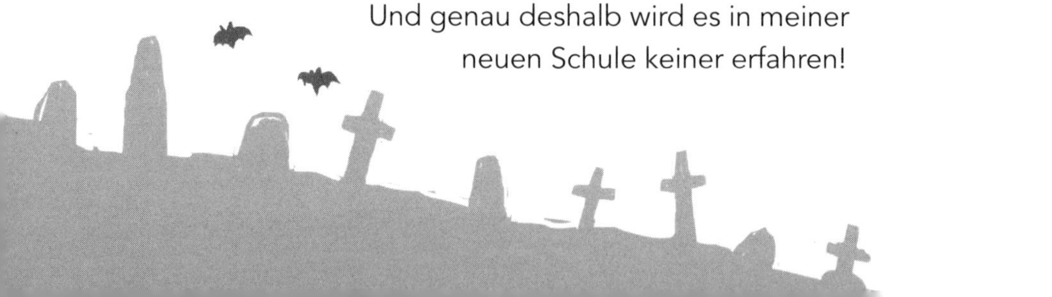

Das Pfannkuchen-Drama

Ich sitze also in der Küche und lade mir eine ordentliche Portion Pfannkuchen ♥ auf den Teller, während meine Mutter die Erdbeersoße holt. Wie einen heiligen Gral hält sie die Schüssel in beiden Händen und strahlt mich an. Ja, so sollte jeder Morgen beginnen …

OH NEIN! Plötzlich stolpert meine Mutter und verliert das Gleichgewicht …

Die Schüssel fliegt ihr aus den Händen … die Erdbeersoße … **OH NOOOOOO**!!! Die Erdbeersoße!!! Wie in Zeitlupe sehe ich die rote Soße aus der Schüssel schwappen. Was ein phänomenaler Start in den Tag werden sollte, ergießt sich komplett über mein Kleid …

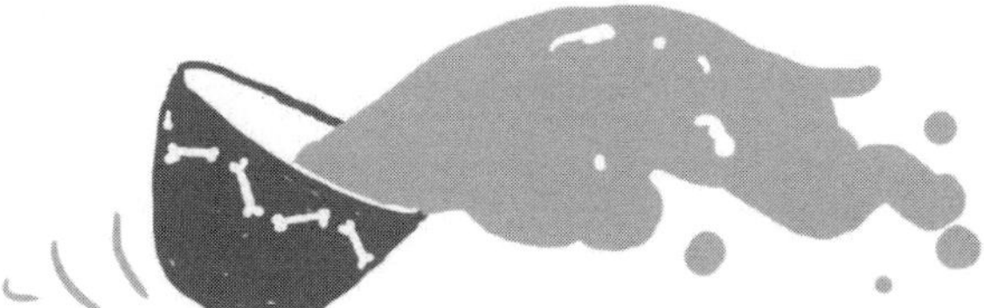

»Cooool, der Fleck sieht aus wie echtes Blut!«, freut sich Horatio und zückt direkt sein Handy, um ein paar Fotos

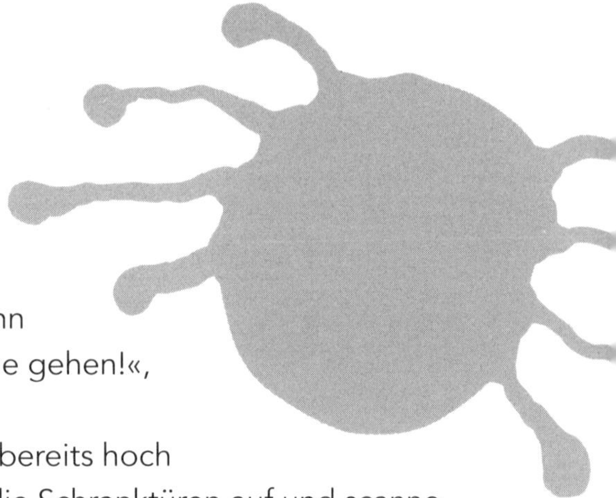

zu machen. »Und wie
eine riesige Spinne!
Eine **BLUTSPINNE**!«
»Mann ey, Leute, so kann
ich doch nicht zur Schule gehen!«,
jaule ich auf.
In Gedanken renne ich bereits hoch
in mein Zimmer, reiße die Schranktüren auf und scanne mögliche Outfits. Das geht nicht und das geht nicht – das auch nicht und das sowieso nicht!

ICH HAB NICHTS ANZUZIEHEN!!!

Alle meine schönen Klamotten sind in der Wäsche!!!

»Alle meine Klamotten sind in der Wäsche!!!«, brülle ich.

PANIKARTIGE PANIK

steigt in mir auf.
»Was mach ich
denn jetzt?«

Während mein Kopf knallrot wird (ja, ich mache meinem Namen mal wieder alle Ehre), sagt meine Ma ganz gelassen: »Schatz, reg dich doch nicht auf! Dann ziehst du ein-

fach was Schickes von mir an! Es gibt für alles eine Lösung!«

NIEEEEEEEEEEMALS!!! Auf absolut keinen Fall werde ich die Sachen meiner Ma anziehen!!!!!! Die Klamotten meiner Mutter gehen nämlich gar nicht: Auf ihnen sind Spinnen, Monster, Skelettkatzen, kopflose Reiter und WasweißichnichtallesUnmöglichesdasamerstenTagineinerneuenSchulegarnichtgeht!!! Unabhängig davon, dass die Sachen mir eh alle zu groß sind.

Mein Blick fällt auf unsere Küchenuhr.

»Verdammt, ich muss jetzt auf der Stelle sofort los! Sonst verpass ich den Bus!«

Oh nein, habe ich das laut gesagt? Nicht dass meine Mutter jetzt auch noch auf die Idee kommt, mich zu fahren …

»Ich fahr dich, Schatz!«, ruft meine Mutter im selben Moment.

»Nein, bitte nicht!«, bibbert mein innerer Schutzengel. Die Nummer kann echt nach hinten losgehen. Schnell suche ich meine Sachen zusammen. Als ich einen Blick über die GRABSTEINE in unserem … äh … Vorgarten werfe, sehe ich den Schulbus gerade noch vorbeifahren. Mist, jetzt habe ich keine andere Wahl, als mich fahren zu lassen. Ich darf am ersten Schultag doch auf gar keinen Fall zu spät kommen!

»Wir müssen jetzt trotzdem los!«, drängele ich.

»Ja, mein Madenküchlein!«, säuselt meine Ma.

Doch anstatt zum Autoschlüssel zu greifen, geht sie zu ihrer **Backschublade** rüber und kramt darin herum. **HÄ?** Was macht sie denn jetzt? Hat sie die Dringlichkeit der Lage nicht verstanden? **»TADAAAA!«** Triumphierend hält meine Mutter etwas kleines Weißes in die Luft. Damit steuert sie direkt auf mich zu und drückt es auf mein Kleid.

Dabei sagt sie: »Die Rettung für dein Kleid!

Ein kreativer Umgang mit Problemen, führt zu originellen Lösungen! *) …«

Die anderen kichern.

Ich kapiere gar nichts und laufe zum Garderobenspiegel.

Da sehe ich es! Auf dem Fleck auf meinem Kleid kleben *Zuckeraugen* !!!

Meine Mutter hat doch glatt Augen aus Zucker auf mein Kleid geklebt!

Sie verleihen der Erdbeersoßen-Spinne einen dämlichen, leicht schielenden Blick!

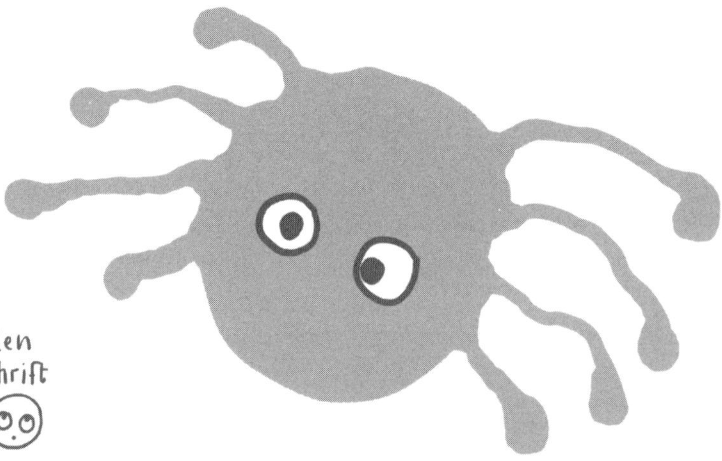

*) aus der aktuellen PSYCHO-Zeitschrift meiner Ma...

Eins ist klar:

Dieses Kleid kann ich auf gar keinen Fall anlassen! Aber mit dem Pulli von meiner Mutter würde ich mich erst recht blamieren. Da könnte ich mir gleich einen Müllsack anziehen oder mir einen Zettel mit dem Wort **VOLLIDIOT!!** auf die Stirn kleben …

Mist, ich muss jetzt echt los … na toll. Dann halt doch das Blut-Spinnen-Kleid … seufz.

Der erste Schultag – peinlicher geht's nicht!

Dank dieses Pfannkuchen-Dramas sind wir jetzt tatsächlich megaknapp dran … Meine Ma wirft sich schnell einen Mantel über ihr **NACHTHEMD** und ein paar Minuten später sitzen wir im Auto. Was heißt Auto? Wir sitzen in einer **KATASTROPHE** ! Meine Eltern fahren nämlich einen alten Mercedes. Aber keinen gewöhnlichen. Sondern einen Leichenwagen!

AHHHHH!!!

Warum zur Hölle können meine Eltern nicht einfach **NORMAL** sein? Das Wichtigste in einer neuen Schule ist, einen guten ersten Eindruck zu machen … Da kann man doch nicht mit einem Leichenwagen vorfahren … das ist ein absolutes **NO-GO** !!! Ich schäme mich und sinke tiefer in den Sitz hinein.
Zum Glück kann ich meine Ma dazu überreden, mich schon an der Ecke rauszulassen. Nun laufe ich also mit

meinem vollgesauten Blut-Spinnen-Kleid in Richtung meiner neuen Schule. Und eine Stimme in meinem Kopf sagt mir immer wieder:

Es kommt auf die inneren Werte an. Wer sich selbst mag, den mögen auch andere.

Es ist die Stimme meiner Mutter. Sie hat mal wieder ihre Psycho-Zeitschrift gelesen. »Psychologie für Heimwerker – wie Sie Ihre lockeren Schrauben selbst wieder festziehen!«, heißt die, glaube ich. Die hat sie nämlich seit Neuestem abonniert.

Seitdem nervt meine Ma die ganze Familie mit ihren klugen Sätzen.

Wenn sich Consti zum Beispiel das Knie an unserem Tisch anstößt und sauer auf die Tischplatte schlägt, ruft meine Mutter:

»Consti, du musst auch den Tisch verstehen, er steht schon über zehn Jahre hier, bitte entschuldige dich bei ihm!«

Aber zurück zur Schule. Hier stehe ich nun in meinem »DESIGNER«-KLEID. Plötzlich höre ich eine schrille Frauenstimme hinter mir: **Schaaatz!**
Ich rolle mit den Augen. Wie peinlich können Eltern sein! Wäre das meine Mutter, würde ich auf der Stelle im Boden versinken. Doch Gott sei Dank ist meine Mutter schon längst wieder auf dem Weg nach Hause …

Mein Spinnenbeinchen!

Oh nooooo! Mein Herz hört für ein paar Sekunden auf zu schlagen. Es gibt auf dieser Welt wahrscheinlich nur eine einzige Person, die ihre Kinder »Mein Spinnenbeinchen« nennt!
Wie in Zeitlupe drehe ich mich um …
Da steht sie. **MEINE MUTTER**.
Sie winkt. Mit **MEINER** Brotdose in der Hand. Unter ihrem Mantel lugt ihr Nachthemd hervor. Das mit den knutschenden Fledermäusen!
»Du hast dein Frühstück vergessen, mein Liebling!«
Schnell schnappe ich meiner Mutter die Brotdose aus der Hand und flüstere: »Danke, Mama!«
Möglichst unauffällig (haha) will ich mich davonmachen, doch da bemerke ich im *Augenwinkel*, dass eine Traube von

Schülerinnen und Schülern neugierig um unseren Leichenwagen herumsteht. Ich hab schon verloren.

»Ist das eure Limousine? **Echt nice!** Bist du die neue Schülerin?«, ertönt plötzlich eine Mädchenstimme neben mir. »Milli, los, **KAMERA** an!«
Und schon bin ich mitten in einem Interview! So viel zum Thema unauffällig bleiben …
»Hi, wir sind Lilli und Milli, die Zwillinge von *Glossy, die wahrste Wahrheit!* Wir wollen es wissen! Wer ist die neue Schülerin, der mit einer **Limousine** Frühstück hinter-

hergetragen wird? Ist sie eine **Prinzessin**? Die Tochter einer reichen Unternehmerdynastie? Oder womöglich ein echter **POPSTAR**, von dem wir in unserem kleinen Städtchen noch nie etwas gehört haben?«, rattert das blond gelockte Mädchen ohne Atempause in die Kamera. Ihre ebenfalls blond gelockte Zwillingsschwester hinter der Kamera nickt eifrig dazu.

Ähm... Ich bin Ruby!

Cooler Name!

Tja, klugerweise hatte ich nicht meinen vollständigen Namen gesagt! Ihre Reaktion wäre sicher anders ausgefallen.

Doch mir bleibt keine Zeit zum *nachdenken*, schon prasselt eine Frage nach der anderen auf mich ein.

Wo kommst du her?

Von Zuhause.

In welcher Klasse bist du?

In der 6c, glaube ich.

»Ach toll, wir auch! Und was isst du am liebsten?«

Oh nein, nicht **Pfannkuchen mit Erdbeersoße**

sagen, Ruby! Auf gar keinen Fall **Pfannkuchen mit Erdbeersoße** sagen! »Pfannkuchen mit Erdbeersoße«, sage ich natürlich. Dabei habe ich das Gefühl, dass die **KAMERA** direkt auf den riesigen Fleck auf meinem Kleid zoomt.

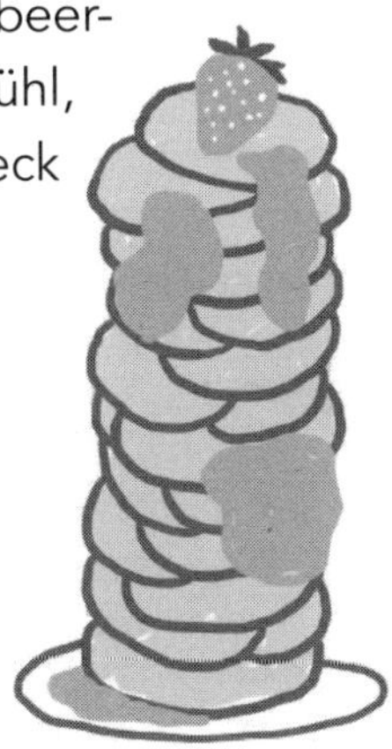

Was ist deine Lieblingsfarbe?

Ähm … rot?

(Ja ja, sieht man doch … leider …)

»Und was machen deine Eltern so?«

BÄNG! Da ist sie: die Frage, vor der ich mich gefürchtet habe. Die Frage, die mich enttarnen wird, wenn ich nicht aufpasse … Die Frage nach meiner oberpeinlichen Familie und ihrem Business … Die Frage, die ich nicht ehrlich beantworten kann, wenn ich an meiner neuen Schule nicht gleich unten durch sein will. Die Frage, die **allerhöchste GEFAHR** bedeutet!

Ohne meinen Anwalt spreche ich nicht weiter, denke ich. Und sage: »Also, ähm, meine Mutter führt ein Café und backt Torten … und mein Vater, der … äh … ist Möbeldesigner …«

Super, gut, dass mir meine VORBEREITETEN Antworten doch noch eingefallen sind!
Ich will mich gerade ein bisschen entspannen, da bemerke ich, dass sich die Zwillinge mit meiner Antwort gar nicht zufriedengeben! Sie wollen noch mehr wissen …

Ach wie spannend! Wo kann man denn die Sachen von deinem Dad sehen?

Ich schlucke und blicke mich Hilfe suchend um … Wo kann man die Särge bestaunen, die mein Vater zimmert? Diese Frage ist nicht so leicht zu beantworten, ohne merkwürdig zu wirken …

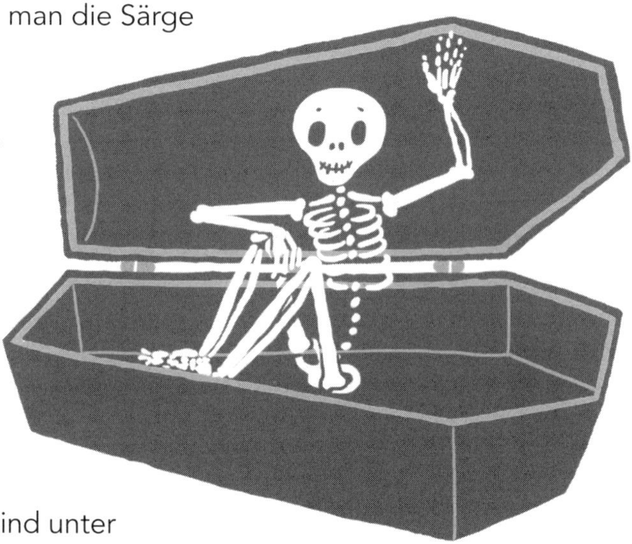

»Tja, also, seine … äh … Sachen … die sind unter der Erde … also … ich meine im UNTERGRUND …«
»In der UNTERGRUNDSZENE? Dann ist er ja richtig angesagt! Da hat er bestimmt viele Kunden, oder?«, quietschen die Zwillinge.

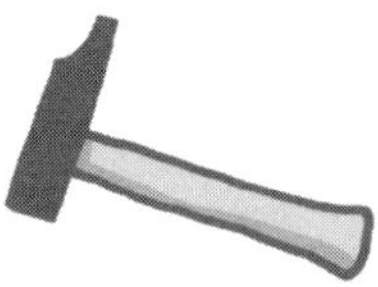

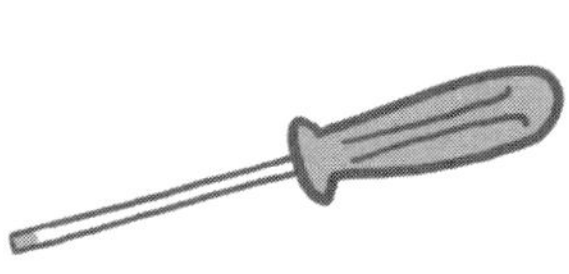

»Seine Kunden sind meist schon kalt … äh … ich meine, sie sind ziemlich COOL! …«, stammele ich.
»Wow, okay, also ein angesagter Szenekünstler! Das hört sich an, als hätten wir eine neue Promi-Familie in der Stadt!«, ruft Lilli in die Kamera.

Promi-Familie! Das kann ich überhaupt nicht brauchen, ich will doch unauffällig sein!
BUMM! Im selben Moment knallt mir ein BALL an den Kopf, sodass ich zu Boden gehe. Damit ist das Interview wohl beendet.
Einerseits bin ich ja ganz froh, auf diese Weise den neugierigen Zwillingen zu entkommen. Andererseits: Kann man an seinem ersten Tag an einer neuen Schule einen peinlicheren Auftritt hinlegen?
Ich liege also auf der Erde und halte mir meinen Schädel. Das wird bestimmt eine fette Beule geben.
»Ohhhh, sorry!«, höre ich plötzlich und jemand streckt mir seine Hand hin.
Am liebsten würde ich die Hand wegschlagen. Das ist wirklich der größte VOLLIDIOT der Schule! Kann der nicht aufpassen? Dieser doofste, dämlichste …
süßeste Junge mit den niedlichsten Strubbelhaaren, den ich jemals gesehen habe!!!
Der Junge lächelt, während er mir hochhilft. Dann mustert er mich …

Coole Spinne!, sagt er noch. Dann grinst er mich an und dreht sich um.

Oh, ich glaube, es hat mich schwer erwischt … Völlig benommen starre ich dem Jungen hinterher.

RIIIIIIIING!

Die Schulglocke scheppert los und alle stürmen ins Gebäude. In fünf Minuten müssen wir in unseren Klassenräumen sein. Und ich habe keine Ahnung, wo ich hinmuss …

Die Hyäne

Das ist sie also – meine neue Schule! Eine neue Chance für mich. Ein neues Glück. Sie sieht aus wie ein kleines Schloss, umgeben von einem weitläufigen Park. Kein Vergleich zu dem hässlichen KLOTZ, in dem meine alte Schule war.

Mal sehen, wie es diesmal läuft … Alle kennen sich, keiner kennt mich. Perfekt eigentlich.

Vielleicht ist es doch gar nicht so schlecht, dass die mich hier für einen Promi halten? Vielleicht haben die Zwillinge etwas in mir erkannt, von dem ich selbst noch nichts weiß. Vielleicht haben sie hellseherische Kräfte …

Möglicherweise werde ich später mal ein berühmter Filmstar.

Oder eine Sängerin, die die Menschen wirklich bewegt.

Oder sogar Königin von Europa oder so was.

Die Totalloser aus meiner alten Klasse haben wohl einfach nicht gecheckt, dass ich etwas Besonderes bin! Na ja, vielleicht hätte ich nicht gleich am ersten Schultag beim Mittagessen erzählen sollen, dass ich schon über 100 Leichen gesehen habe, die bei uns im Keller geschminkt und frisiert worden sind. Diesen Fehler werde ich nicht noch mal

begehen. Diesmal werde ich gar nichts erzählen. Diesmal werde ich alles anders machen. Schön nach dem Motto:

»Lieber nichts sagen, anstatt das Falsche!«

Ich habe alles im Griff. Ich kenne meinen Weg. Aber wo muss ich nun eigentlich hin?

Nachdem ich Ewigkeiten durch das Labyrinth von Schule geirrt bin, stehe ich endlich vor dem Klassenraum der 6c. Obwohl ich mich echt beeilt habe und meine Mutter mich sogar gefahren hat, bin ich tatsächlich zu spät. Mann ey!

Ich atme dreimal tief durch, so wie ich es auf der Entspannungs-CD meiner Oma gelernt habe. Dann klopfe ich kurz, drücke die Klinke herunter und öffne die Tür zum Klassenzimmer.

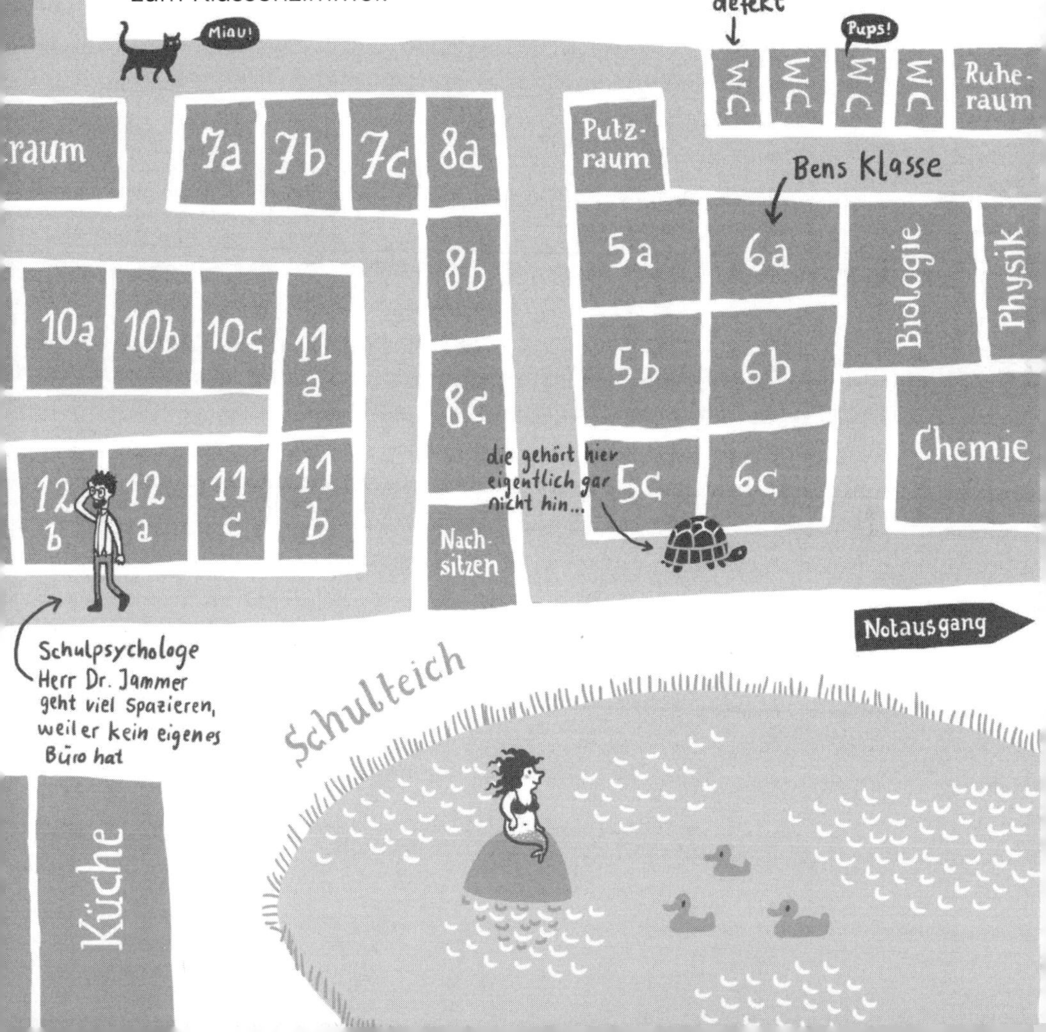

Schlagartig ist es mucksmäuschenstill. Irritiert sehe ich mich um.
Als Erstes fällt mein Blick auf … die Lehrerin, die am Lehrerpult sitzt und mich mit wütender Miene anstarrt. Sie sieht aus wie eine HYÄNE!
Ich muss ein Lachen unterdrücken, das mir aber im nächsten Moment schon im Halse stecken bleibt, als die Hyäne mit schriller Stimme losbrüllt:

»Na so was! Wer beehrt uns denn zu dieser späten Stunde? Heute mach ich mal eine Ausnahme, aber wenn du noch einmal zu spät kommst, dann …«

Mein Selbstschutzmechanismus setzt ein, meine innere FIREWALL fährt hoch und ich höre nur noch bla, bla, bla. Dazu lächele und nicke ich an hoffentlich passenden Stellen.
Plötzlich ist die Hyäne still. Sie erwartet wohl eine Antwort von mir.
»Äh, bitte?«, stammele ich.
Alles um mich herum lacht.

»Du musst Rubinia Black sein!«, wiederholt die Hyäne mit einer zuckersüßen Stimme.
Ahhhhh, wie ich diesen Namen hasse!
»Ruby!«, sage ich schnell. »Ich heiße Ruby!«

Nach einer kurzen, zum Glück relativ harmlos ausfallenden Vorstellung meinerseits darf ich mich hinsetzen.
Es gibt nur noch einen freien Platz.
Neben einem Mädchen am Fenster.
Selma heißt sie. Sie scheint ganz nett zu sein.
Schnell scanne ich die anderen Schüler im Raum. Hinter mir sitzen zwei Jungs. Ein kleiner mit Brille und ein rothaariger mit einem Haufen Sommersprossen, der mich breit angrinst.
Neben mir entdecke ich die Zwillinge, die mir freudestrahlend zuwinken … und um mich herum eine Menge Gesichter, die ich noch nie gesehen habe.
Die meisten kennen sich bestimmt von der Grundschule oder sogar schon aus dem Kindergarten.
Die Jungs, denen es wichtig ist, COOL! zu wirken, sitzen – wie auch schon in meiner alten Klasse – in den hinteren Reihen. Und die Mädchen eher vorne.
Von dem süßen Jungen, der mich mit dem Ball umgehauen hat, ist leider nichts zu sehen. Er ist wohl nicht in meiner Klasse. Schade eigentlich…

Ich versuche, dem Unterricht zu folgen, aber irgendwas ist komisch. Irgendwie herrscht hier eine

angespannte Atmosphäre.

Das kenne ich so gar nicht. In meiner alten Klasse haben die Schüler während des Unterrichts miteinander getuschelt und auch oft Quatsch gemacht … Hier sitzen alle wachsam auf ihren Stühlen und folgen jeder Bewegung der Hyäne, die wie ein Raubtier durch die Reihen schleicht. Ständig auf der Suche

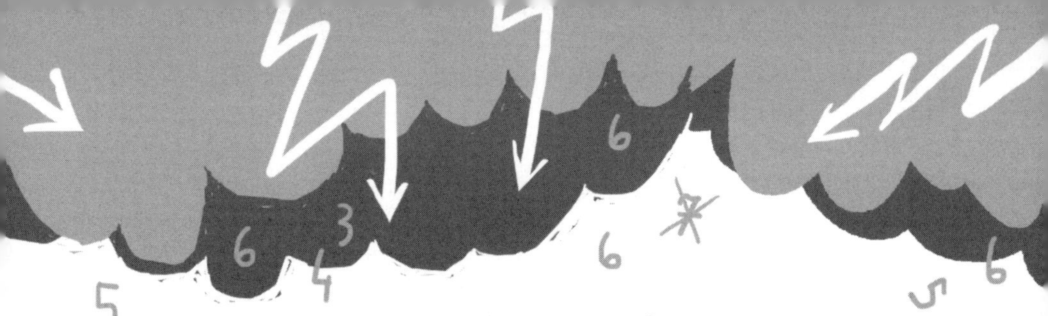

nach einem Grund, jemanden zu bestrafen. Es regnet Sonderaufgaben, Einträge ins Klassenbuch und schlechte Noten. Und irgendwie hat mich die Hyäne sofort auf dem Kieker! Ich versuche, ihr keine Angriffsfläche zu bieten und nicht aufzufallen. Was mir mehr oder weniger gut gelingt.
Plötzlich schießt mir ein Gedanke durch den Kopf und mir wird ganz schlecht.

Weiß die Hyäne von meiner VORGESCHICHTE?

Hat der Direktor ihr alles erzählt? Wird SIE mich absichtlich (oder unabsichtlich) verraten? So, dass die ganze Klasse mein Geheimnis kennt und die **MOBBEREI** von vorne beginnt?
Ich atme wieder tief durch, um mich zu beruhigen.

Ommmmm...

Meine Sitznachbarin Selma sieht mich mit hochgezogenen Augen an. Okay, das mit dem Atmen darf ich nicht übertreiben. Ich lächele kurz – aber wirklich nur kurz –, dann blicke ich mich wieder um. Und irgendwann ist die Stunde zum Glück auch zu **ENDE**.

Andere **LEHRER** sind echt cool. Viele sogar. Ich mag Frau Apple, unsere Englischlehrerin, auf Anhieb. Und auch unser Deutschlehrer, Herr Altindag, ist unheimlich nett. Manche Lehrer sind allerdings wohl *etwas zu nett …* Vor unserem Musiklehrer beispielsweise hat niemand Respekt.

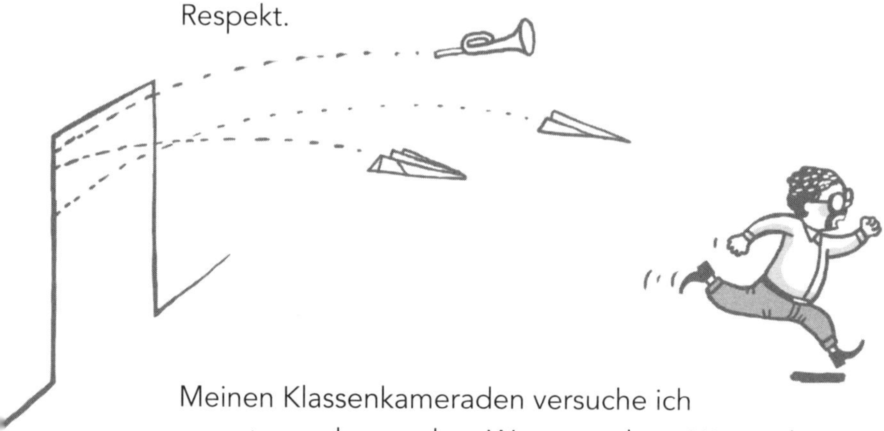

Meinen Klassenkameraden versuche ich so gut es geht aus dem Weg zu gehen. Was nicht einfach ist, denn die **Zwillinge** schwirren die ganze Zeit um mich herum und löchern mich mit unangenehmen Fragen.

In der Mittagspause stürmen dann alle in die Schulkantine. Ein Gemurmel und Geklimper schlägt mir entgegen, als ich durch die Schwingtür komme. Es riecht lecker nach Essen. Heute kann man zwischen *Spaghetti mit Tomatensoße*

und Grießbrei mit heißen Kirschen auswählen. Zwei wirklich wunderbare Gelegenheiten, das Kunstwerk auf meinem Kleid zu vollenden. Ich entscheide mich für die Spaghetti. Spaghetti gehen immer.

Hier stehe ich nun, in der Kantine meiner neuen Schule, mit einem Tablett voll Spaghetti, einer Apfelsaftschorle und einem kleinen Salat.
Ich sehe mich kurz um: Der Raum ist riesig und die meisten Tische sind besetzt. Es gibt einige abgegrenzte Bereiche, in denen sich vor allem die älteren Schüler aufhalten. Auch die Lehrer haben ihre eigenen Tische.
Generell wirkt alles ganz nett. Den süßen Jungen, der mir den Ball an den Kopf geworfen hat, sehe ich aber leider wieder nicht. Muss der nichts essen?
Ich laufe ziellos zwischen den Tischen durch und beschließe, mir einen Platz abseits der Masse zu suchen, um so unangenehme Gespräche zu vermeiden und wenigstens in der Mittagspause etwas Ruhe zu haben.
Die Tür zur Terrasse ist leider abgesperrt, allerdings hat man durch das Fenster einen großartigen Blick auf einen wunderschönen Park. Gelbgoldenes Laub, das größtenteils noch an

den Bäumen hängt, leuchtet in der Sonne. Es gibt sogar einen Teich mit Seerosen drauf. Ich atme tief durch, endlich kann ich einen Moment entspannen. Denke ich. Kaum habe ich mich niedergelassen, sitzen plötzlich die Zwillinge Milli und Lilli links und rechts von mir. Und eine Schar Mädels, die, wie es scheint, den beiden überallhin folgt. Sie kichern und gackern, während sie ihre Plätze einnehmen.

Plötzlich fragt eine von ihnen ganz beiläufig: »Ruby, sag mal, warum hast du eigentlich mitten im Schuljahr die Schule gewechselt?«

Ich schlucke. Mein Essen herunter. Mit der Frage habe ich natürlich gerechnet. Trotzdem fühlt es sich komisch an, meine vorbereiteten Antworten herunterzurattern. »Also, ähm, der Weg zu meiner alten Schule ist mir zu

kurz gewesen … Ich bin morgens gerne etwas länger unterwegs … wegen der frischen Luft und so … Außerdem steh ich total auf euer Handballteam. *Die Füchse*«, sage ich und bin ein bisschen stolz auf mich, dass ich alle Fragen so souverän beantwortet habe.

»Du meinst unser Basketballteam, *die Wölfe*!«, bemerkt Lilli (oder Milli?).

Die Mädchen blicken mich mit zusammengekniffenen Augen an und rümpfen die Nasen.

Oooooops …

»Ja, die meine ich doch! Außerdem ist das Wetter hier schöner!«, fällt mir noch ein. Dagegen kann nun wirklich niemand was sagen.

An den hochgezogenen Augenbrauen der Zwillinge erkenne ich jedoch, dass sie mir die Story nicht ganz abnehmen … Schnell wechsele ich das Thema.

»Ähm, leckere Spaghetti! Was gibt's denn hier sonst so zu essen?«, versuche ich mit einer Gegenfrage, die Zwillinge abzulenken und gleichzeitig etwas mehr über meine neue **neue Schule** zu erfahren.

Andere wundern sich vermutlich, wie schnell Pausen vorübergehen. Für mich hingegen zieht sich diese

wie Kaugummi. Sehnsüchtig warte ich auf die Schulklingel: die Erlösung, die mich von den quälenden Fragen meiner Mitschülerinnen befreit.

An sich find ich das ja richtig nett, dass sie sich so für mich interessieren, aber ich muss dabei höllisch aufpassen, mich nicht zu verplappern. Wieder einmal wünsche ich mir eine ganz normale Familie, die ich nicht vor meinen Mitschülern verheimlichen muss. #SEUFZ

Den restlichen Tag bin ich ziemlich angespannt. Ich fühle mich fast wie in einem Computerspiel. Aus Angst vor weiteren peinlichen Verhören weiche ich meinen Klassenkameradinnen aus und laufe im ZICK ZACK über die Gänge, verstecke mich zwischen den Spinden und auch einmal in einer Abstellkammer. Trotzdem schafft es immer wieder jemand, sich mir zu nähern und mir unangenehme Fragen zu stellen.

Deswegen knalle ich mir in den weiteren PAUSEN die Kopfhörer rein und tue so, als würde ich Musik hören. Muss ja niemand wissen, dass bei meinem Handy die Kopfhörerbuchse kaputt ist und ich gar keine Musik hören kann – und deshalb die Kopfhörer nur lose in meiner Tasche hängen.

In der sechsten Stunde haben wir dann gemeinsam mit der Parallelklasse Sport.
Wir kommen gerade aus der Umkleidekabine und sollen zum Aufwärmen zwei Runden um den Sportplatz laufen.

DA IST ER WIEDER!

Der Junge, der mir den Ball an die Rübe geworfen hat. Der Junge mit den süßen verstrubbelten Haaren und dem niedlichen Grinsen. Der Junge, der direkt auf mich zusteuert!!!

PANIKARTIGE PANIK

»Hi, ich bin Ben! Sorry noch mal wegen vorhin! Alles gut bei dir?«, sagt er und grinst.
»Hi, ich bin Ruby! Ja, kein Problem, ich hab wohl eine kleine Beule, aber geht schon wieder«, hätte ich in dieser Situation sagen müssen.
Doch ich sage:

»Ääääääähhh … hmmmm … jaaaa!«

oder so was Ähnliches.

»Was?« Ben scheint ein bisschen irritiert zu sein.
Ich hole gerade aus, um doch noch was Sinnvolles zu sagen, da ertönt eine Trillerpfeife.
Ben zuckt entschuldigend mit den Schultern und sagt: »Wir sehen uns!« Dann grinst er und läuft wieder zu seiner Mannschaft auf der anderen Seite des Sportplatzes rüber. Während ich ihm wie ein gehirnamputierter Zombie nachstarre.

Verfolgt

Endlich habe ich meinen ersten Schultag überstanden. Ich bin ohne große Zwischenfälle durch den Unterricht der Hyäne gekommen, hab mich mehr oder weniger oft blamiert und hocke jetzt im Schulbus nach Hause.

Doch irgendwie hab ich ein merkwürdiges Gefühl...

… Als ich mich umdrehe, verstehe ich auch, warum.

Die Zwillinge beobachten mich.

Ich kann doch unmöglich vor ihren Augen am H Friedhof aussteigen und dann lockerflockig an den Grabsteinen vorbei zu unserem Haus spazieren!

Wieder steigt Panik in mir auf. Meine Gedanken rasen. Was soll ich nur tun? Zum Glück bin ich extrem schlau und hab schnell eine megagute Idee: Ich werde zur Sicherheit eine Station früher aussteigen.

Ich drücke also auf den HALTEKNOPF und springe an der nächsten Station aus dem Bus. Puuuuh. Geschafft. Gut, dass ich immer so geniale Ideen habe.

Als ich die Straße entlanglaufe, fährt der Bus an mir vorbei. Schnell werfe ich einen Blick hinein.

Die Plätze der Zwillinge sind leer!

Oh nein!

Ich drehe mich um und sehe gerade noch, wie zwei Schatten aus meinem Blickfeld verschwinden. Eins ist klar! Ich werde verfolgt. Was geht denn hier ab? Meine innere LÄRMSIRENE heult los. Ich bekomme echte Panik! Soll das jetzt genauso schlimm werden wie in meiner alten Schule? Da war ich ungefähr so beliebt wie ein Geisterfahrer auf der Autobahn! Wie ein Haar in der Suppe! Oder ein Maulwurf auf dem Golfplatz! Man hat mich gehänselt, mich Zombie genannt, Schreckgespenst, Monsterbraut und Schlimmeres. Man hat mir Kaugummi ins Haar geklebt, Klebstoff in meine Schultasche geschüttet, rumerzählt, dass ich meine Popel essen und Geister beschwören würde … Einmal hat man mich sogar absichtlich verletzt! Na gut, es war nur eine Reißzwecke auf meinem Stuhl, aber was heißt nur? Das hat richtig wehgetan. Außerdem hab ich seitdem den Tick, dass ich mich nicht hinsetzen kann, ohne meinen Stuhl vorher abzuchecken. Und nun soll der ganze Mist von vorne anfangen? Wenn die Zwillinge die Wahrheit über mich und meine Familie rausfinden, erzählen sie bestimmt überall rum, dass ich auf dem Friedhof wohne. Dann machen mich

wieder alle fertig … und der ganze Schulwechsel war umsonst! Gibt es denn keinen Ort, an dem ich sicher bin? Schlagartig fühle ich mich schutzlos, angreifbar, schwach … Wo ist mein TEDDY, der mich immer tröstet, wenn ich Probleme habe?

Ich laufe immer weiter die Straße hinunter. Was soll ich nur tun? Wie kann ich die Zwillinge abschütteln? Ich sehe mich um. Hier gibt es nichts außer einem Haus nach dem anderen. Wartet, ich könnte mich auf der Stelle in Luft auflösen, wie ein echter Zauberer … nur, wie macht man das? Hallo, hallo … Ruby an HARRY POTTER! Kannst du mir helfen, mich in Luft aufzulösen? Damit ich mich vor den nervigen Zwillingen meiner Schule verstecken kann? Erwartungsvoll schaue ich, ob mein linker Arm unsichtbar wird, aber nichts passiert. Harry ist wahrscheinlich gerade in einen Kampf mit dem nervigen VOLDEMORT verstrickt, anders kann ich mir nicht erklären, warum er mich im Stich lässt. Mit fiesen Mitschülern kennt er sich ja aus … Was bleibt mir sonst? Ich könnte die Zwillinge verprügeln und fortjagen … allerdings bin ich gegen GEWALT.

Die will ich nur im absoluten Notfall anwenden. Vielleicht gibt es noch die Möglichkeit …

Plötzlich kommt mir eine wirklich gute Idee! Ich absolut fabelhaftes, unglaubliches ÜBERGENIE!!! Na klar! Ich tue so, als würde ich woanders wohnen! Ich muss mir nur ein schickes Haus aussuchen. Fröhlich hüpfe ich die Straße entlang.
Da ist ein großes himmelblaues Anwesen mit prächtigen Fenstern und Verzierungen an der Fassade, das gefällt mir schon ganz gut. Doch der Putz blättert bereits ab. Nein, das ist mir nicht schick genug. Das Haus daneben ist auch nicht schlecht, es hat sogar ein Türmchen, aber das Auto in der Garage ist nur ein Kleinwagen – der ist mir definitiv zu billig.
Ich überlege gerade, in eine Nebenstraße abzubiegen, als mir eine wunderschöne Villa ins Auge springt. Sie ist cremeweiß und altrosa, mit einem gepflegten Vorgarten – sehr schick.
Und die Garageneinfahrt ist leer – daher gehe ich davon aus, dass niemand zu Hause ist. BINGO! Hier würde ich gerne leben!
Also werde ich ab jetzt offiziell hier wohnen. Ich fühle mich auf Anhieb wie zu Hause. In diesem Moment glaube ich meine kleine kreative Notlüge schon fast

selbst! Mit einem unglaublich tollen Gefühl trete ich an das Gartentor und drücke die Klinke hinunter. Heute ist mein Glückstag – quietschend öffnet sich die Tür! Fröhlich setze ich den Fuß auf einen Weg aus Marmorplatten und laufe zielsicher Richtung Haus …
Jetzt kommt der Höhepunkt meines kleinen Schauspiels: Mit einem strahlenden Lächeln wie aus einem Zahnpastawerbespot drehe ich mich um und winke den Zwillingen zu, die im selben Moment sichtlich beeindruckt an der Villa vorbeilaufen.

»Ruby!«, lobe ich mich selber, »für die Nummer hättest du glatt einen Oscar verdient!«

Die Zwillinge sind gerade außer Sichtweite, da höre ich es plötzlich.

Oh nein! Ein Wachhund! Eine miese, fiese Bestie! Ich blicke mich um. Aus Richtung des Hauses rennt ein Köter, groß wie ein Bär, auf mich zu.

Er fletscht seine Reißzähne, bereit, mich in Stücke zu reißen. Und ich hab mich schon zu weit vom Gartentor entfernt. Oh nooooooo! Panisch sehe ich mich um. Das Einzige, was mir bleibt, ist …
Ich rase zum nächstgelegenen Baum, greife nach dem untersten Ast und ziehe mich hoch!
Nun sitze ich also hier oben auf dem Baum im Garten einer wunderschönen Villa, während unter mir eine Bestie lauert. Sie sieht wirklich aus wie ein Bär. Ich hab mal gelesen, dass Leute in China aus Versehen kleine Bären statt Hunde von zwielichtigen Händlern kaufen. Und den Unterschied erst nach ein paar Jahren bemerken, wenn es bereits zu spät ist. Das hier ist definitiv so ein Fall! Bestimmt hat der Besitzer den Hund im Internet bestellt …

Ich sehe mich um. Bisher hat sich noch kein Hausbesitzer und vor allem auch kein Hundebesitzer gezeigt.
»Ich schmecke richtig scheußlich!«,

versuche ich, der **#Bärenbestie** zu erklären.

»Ich bin ganz bestimmt nicht dein Mittagessen!« Doch meine Erklärung löst bei ihr nur ein lautes Bauchgrummeln aus.

Zum Glück ist die Bestie kein Biber, der den Baum anknabbern kann, bis er umfällt. Aber das ist auch mein einziger Trost.

Was bleibt mir sonst? Hoffnungsvoll suche ich den Himmel nach ein paar Aliens ab, die mich retten. Dann werfe ich einen Blick in Richtung Straße. Vielleicht kommt ja ein gut aussehender und tapferer Ritter auf einem edlen Rappen angeritten und erlegt mutig die Bestie, um mich, die schöne und kluge **Prinzessin**, zu befreien?

Ich warte. Vergeblich. Niemand kommt, um mich zu retten. Keine Aliens, kein Prinz, kein Ritter. Eine gefühlte Ewigkeit hocke ich auf einem dicken Ast, unter mir das lauernde Biest. Meine Beine tun richtig weh und mein Hintern ist ganz taub. Über zwei Stunden hält mich **Mr. Bärenbestie** schon auf dem Baum. Er lauert nur auf einen Fehler von mir. Damit erinnert er mich ein wenig

an die HYÄNE. Wahrscheinlich stammen sie beide aus demselben Wurf und sind Nachkommen von einem schrecklichen Höllenhund, dazu bestimmt, mir mein Leben schwer zu machen. Und Leute, ich schwör euch, mein Leben wird immer schwerer. So wie ich mich in den ersten zehn Minuten auf dem Baum gefreut habe, dass ich meine Trinkflasche dabeihabe, so sehr ärgere ich mich jetzt, dass ich die ganze Flasche ausgetrunken habe. Denn nun muss ich total dringend pinkeln.

Kurz bevor meine Blase platzt, quietscht auf einmal das Gartentor und – Dank sei Gott – eine ältere Dame in einem Blümchenkleid kommt herein. Schon aus der Ferne erkenne ich die auf den Stoff gemalten Margeriten. Ich muss sofort niesen wegen meines schlimmen Heuschnupfens, da kann ich gar nichts gegen machen. Ich bin nun mal gegen manche Blumen allergisch, auch wenn es nur aufgemalte Blumen sind.

Hatschi!

Die Dame läuft also auf das Haus zu und – ihr glaubt es nicht: Schlagartig verwandelt sich die gigantische Bärenbestie in ein lieblich sabberndes Schoßhündchen.

Ich weiß nicht, ob die Frau mir wirklich glaubt, dass mein Ball beim Spielen über den Zaun geflogen ist und ich deswegen auf ihr Grundstück gekommen bin.
»Und wo ist dein Ball jetzt?«, fragt sie und sieht sich suchend um.
»Na, den hat Ihr sympathischer Vierbeiner wahrscheinlich aufgefuttert. Er schien mir sehr hungrig!«, antworte ich. Zum Glück bin ich schlagfertig. Meistens zumindest.
Für einen Moment sagt die Frau nichts. Wahrscheinlich ist sie schwer beeindruckt von meiner herausragenden Intelligenz.
Die Dame ist wirklich nett, sie heißt Frau **Siebenbein** (obwohl sie nur zwei Beine hat). Ich darf bei ihr im Haus aufs **KLO** gehen (es sieht hübsch aus, ich hab eine gute Wahl getroffen), und sie gibt mir sogar ein paar Kekse, die zwar etwas komisch schmecken, aber nett ist es trotzdem.

Schließlich komme ich doch noch zu Hause an. Meine Eltern haben sich schon richtig Sorgen gemacht. Ich erzähle ihnen, dass ich mit den netten Zwillingen aus meiner Klasse VERSTECKEN gespielt habe. Das finden sie dann ganz prima.

HORATIO allerdings grinst irgendwie auffällig. Was hat er denn?

Ich muss nicht lange warten, da zeigt er mir, was er so lustig findet. Mein

Interview auf dem Channel der Zwillinge

Voll die Katastrophe. Erst stammele ich herum, dann bekomme ich den Ball ab und dann wird auch noch das Haus von dieser Frau Siebenbein gezeigt. Die Zwillinge haben im Vorbeigehen wohl schnell ein Foto geschossen … Darüber prangt die Schrift: »Hier wohnt sie, unsere Ruby!« (Na ja, immerhin hat es geklappt, dass sie mir das abgenommen haben.) Und unter dem Foto steht: »Ihre berühmten Eltern sind auf diesem Bild leider nicht zu sehen!«

Horatio findet das Video super. Er sitzt mit seinem Laptop in der Küche und spielt es immer wieder ab, um mich zu ärgern.

»Hey, pass auf, bald hab ich genauso viele KLICKS wie du bei deinen Videos, wenn du so weitermachst!«, stichele ich.

»Träum weiter, Ruby!«, sagt er nur und lacht. »Ich find's einfach mega. Das ist voll inspirierend, wie du den Ball abbekommst. Vielleicht sollten wir daraus eine Serie machen?«

Manchmal bin ich STATISTIN in den Videos meines Bruders, wenn er mich wieder mal wegen irgendwas erpresst, was Mom und Dad nicht wissen dürfen. Es sind keine besonders schönen Rollen, meist muss ich merkwürdige Kostüme tragen und peinliche Sachen machen …

Einmal musste ich als Alien mein verlorenes Gehirn wiederfinden (das aus Vanillepudding) und in einem anderen Video sollte ich in einem Bärenkostüm einen YETI spielen, der einen Bauern erschreckt. Leider lief der Bauer nicht davon, sondern jagte mich mit seiner Mistgabel über das Feld. Glücklicherweise war ich schneller. Weitere meiner oscarverdächtigen Auftritte erspare ich euch.

Horatio hält sich jedenfalls für einen großen Künstler. Er scheint nicht zu merken, dass die Leute seine Videos nur gucken, weil sie so extrem schlecht sind.

Ich sag nur: #TRASH

#fake

#garbage

#FAIL

#zeigdasbloßnichtdeinermutter

#Prank

#alientrash

Irgendwie bin ich auch ein bisschen stolz auf meinen Bruder. Er hat schon eine Menge erreicht, obwohl er erst neun ist. Auch wenn er manchmal total nervig sein kann, verstehe ich mich mit Horatio ziemlich gut. Er war es auch, der mir den Tipp gegeben hat, in meiner neuen Schule zu verheimlichen, dass wir auf dem Friedhof wohnen. Er ist halt echt schlau.

Die Beerdigung

Am nächsten Tag sind alle voll nett zu mir. Ich fühl mich richtig wohl in meiner neuen Schule. Auch wenn die Zwillinge immer noch ganz schön aufdringlich sind. Ich bin ein bisschen stolz, wie gut ich doch mit dieser neuen Situation umgehe, ihr wisst schon: Schulwechsel und so.

Nachmittags hänge ich dann mal wieder auf dem Friedhof ab, um mich ein wenig zu entspannen. Es ist ein sonniger Tag, das lockt die Angehörigen zur Grabpflege. Ich beobachte gerade, wie eine Blaumeise einen Baum hinaufhüpft und dann im Sturzflug über die Gräber fliegt, da kreuzt ein Beerdigungszug meinen Weg. Wenn ich Beerdigungen sehe, will ich am liebsten einfach mitheulen. Es ist zwar keiner meiner Verwandten gestor-

ben, aber ich werde trotzdem irgendwie auch traurig, wenn ich trauernde Menschen sehe.
Wer ist hier wohl gestorben? Vielleicht ein Löwenwärter aus dem Zoo, der vergessen hat, den Käfig richtig abzuschließen? Ein Fallschirmspringer, der versehentlich keinen Fallschirm aufgesetzt hat, sondern den Rucksack seines Sohnes? Oder ein ganz normaler Mensch, der gerade ein lustiges Bild auf seinem Handy anguckte, während er die Straße überquerte – und dann von einem Auto überfahren wurde?
Da trifft auch mich der SCHLAG. Aber nicht, weil ich mit dem Handy auf der Straße ein Auto übersehen habe – nein: Zwischen den Trauergästen steht … Ben! Ben ist auf dem Friedhof!!! Oh mein Gott, er darf mich auf gar keinen Fall sehen!!! Schnell springe ich hinter ein Gebüsch. Im selben Moment klingelt mein Handy.
Wo ist das doofe Ding nur? Während ich in meinen

Taschen wühle und es weiter vor sich hin klingelt, versuche ich, den Klingelton mit Tierstimmen zu überdecken. HAHAHAHA, perfekt, niemand wird mich hinter dem Gebüsch vermuten, alle denken, hier sitzen eine Ente, ein Hund, ein Küken und eine Katze zusammen.
Endlich finde ich mein Handy. Schnell gehe ich ran. Es ist meine Mom. Ich soll ihr bei irgendwas helfen …
»Ja gut, ich bin gleich da!«, flüstere ich. Dann schaue ich mich um. Mist, warum muss Bens Familie genau hier ihr Grab haben? Wie soll ich so ungesehen zurück nach Hause kommen?
So leise wie möglich schleiche ich hinter den Trauergästen vorbei, während die Pfarrerin eine GRABREDE hält.
Sobald Ben und seine Familie aus meinem Sichtfeld verschwunden sind, sprinte ich nach Hause.

»Was'n los?«, frage ich meine Mutter, die in der Küche steht und gerade eine Beerdigungstorte verziert.
»Könntest du bitte schon mal den Tisch decken, mein Regenwürmchen? Wir haben gleich ein Verabschiedungsevent im Café!«

Verabschiedungsevent

Meine Mutter meint damit einen Leichenschmaus! Das ist so ein feierliches Essen zu Ehren eines Toten. Für mich klingt der Begriff aber eher, als wären die Angehörigen eine Horde Kannibalen, die den Toten lecker zubereitet mit Ketchup und Majo auffuttert. Widerlich! Meine Mutter jedenfalls liebt es, schöne Wörter für schreckliche Dinge zu benutzen. Statt »totale Unordnung«, sagt sie:

Gemütliches Beisammensein von Gegenständen

Und statt »Schule«

Lernmöglichkeit

Euphemismen nennt man diese Beschönigungen, das habe ich mal im Deutschunterricht gehört.
»Na los, Ruby, die Gäste sind gleich da!«, weckt meine Mutter mich aus meinen Gedanken. Sie wünscht sich

zwar Gäste im Café, die nicht zu einer Beerdigung kommen, aber diese Leichenfeiern bringen einfach die meiste Kohle.

»Klar, Mama!«, sage ich und schnappe mir das Geschirr. Für solche Anlässe benutzen wir das gute Silberbesteck und altes Porzellan. Die mit Blümchen bemalten Teller stammen vom Flohmarkt und haben die unterschiedlichsten Muster, die aber irgendwie doch zusammenpassen – findet meine Ma.

Statt »Kram vom Flohmarkt« sagt sie

charmante Fundstücke

dazu. Wie auch immer, meine Mutter lebt irgendwie in ihrer eigenen, etwas versponnenen Welt. Zum Glück bin ich völlig **normal**.

Erst verteile ich das Besteck. Dann laufe ich zurück zur Küche, nehme den ganzen Stapel Teller auf einmal und balanciere ihn hinüber ins Café. Wer läuft denn schon zweimal wegen so was?

Da höre ich Gemurmel. Oje, die Gäste sind schon im Anmarsch. Und mit ihnen: Ben! Was er wohl denkt, wenn er mich hier im **Friedhofscafé** sieht? Ich bin Helferin bei einem Leichenschmaus!!!

Für jemanden, der bisher nicht viel mit Friedhof zu tun hat (das vermute ich jetzt mal bei Ben), ist das doch bestimmt total schräg. Und dann bin ich bei ihm unten durch. Er darf **AUF GAR KEINEN FALL** erfahren, dass ich hier wohne!

Zum Glück habe ich den Stapel Teller vor meiner Nase, als ich zwischen den Cafétischen an Ben und seiner Familie vorbeihusche und die große Holztafel ansteuere. Schnell verteile ich die Teller, während die Gäste ihre Jacken und Mäntel ausziehen und sich Plätze suchen. Ich habe gerade die letzten Teller auf der großen Tafel verteilt, da dreht sich Ben in meine **RICHTUNG**. Aufgrund meiner extrem ausgeprägten Sinne reagiere ich blitzschnell und tauche unter den Tisch.

Es gibt nur eine Möglichkeit, den Raum unerkannt zu verlassen. Vorsichtig krieche ich über den alten Perserteppich – den wir von derselben Großtante geerbt haben wie unseren Flügel – zwischen den Beinen hindurch, Richtung Tür.

Gerade als ich fast aus der Gefahrenzone heraus bin, klimpert es neben mir. Irgendwem ist eine Gabel heruntergefallen. Bevor ich mich aus dem Staub machen kann, taucht plötzlich Bens Gesicht vor mir auf.

»Hey, was machst DU denn hier unterm Tisch?«, fragt er erstaunt.

Schmetterlinge im Bauch

»Ähm, ich arbeite hier!«, antworte ich, bevor sich mein Gehirn wieder verabschieden kann. »Als Kellnerin! Meine Eltern sind der Meinung, dass man früh Berufserfahrung sammeln soll. Du weißt: vom Tellerwäscher zum Millionär und so!« Das klingt doch **seriös**. Und stimmt auch irgendwie. »Und was machst du hier?«

»Äh, also, mir ist gerade diese Gabel hier runtergefallen!« Ben hält mir die Gabel vors Gesicht.

»Ja, hab ich gesehen!«, sage ich.

Ben grinst. Dann wird er ernst.

»Mein Opa ist gestorben.«

»Scheiße!«, sage ich. »Äh, ich meine: herzliches Beileid!«

»Ben, alles in Ordnung?«, ertönt eine freundliche Frauenstimme von über dem Tisch.
»Äh ja, Mama!«, sagt Ben und flüstert: »Ich muss mal wieder nach oben. Wir sehen uns!« Er lächelte zum Abschied.
»Alles klar! Wir sehen uns!«, sage ich und lächele auch ein bisschen.

Ich kann gar nichts dagegen tun, mein Herz hüpft wie wild, als ich unter dem Tisch hervorkrieche und wieder Richtung Küche laufe. In mir drin kribbelt es wie hunderttausend Spinnen …

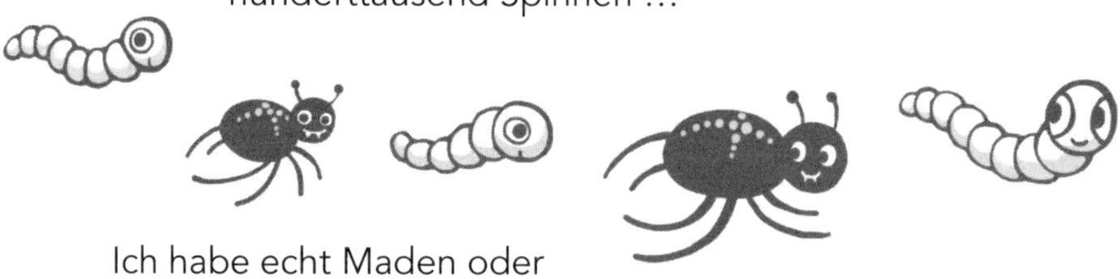

Ich habe echt Maden oder so was im Bauch. Und ich bin megastolz auf mich. Diesmal habe ich nicht nur rumgestammelt, sondern klar und deutlich geredet. Und Ben hat wieder gesagt, dass wir uns sehen!!! Zum zweiten Mal schon! (Das letzte Mal hat er Wort gehalten!!! Auf Ben ist halt Verlass!)

Das war der besonderste Moment in meinem Leben! – bis jetzt.

Ich bin auch gar nicht genervt, als meine Ma mich bittet, den Tisch abzuräumen, als alle Gäste gegangen sind. Andächtig halte ich einen Moment Bens Teller in der Hand. Von diesem Teller hat er also wirklich gegessen … Man sieht noch die Spuren und ein paar Krümel von der Schokotorte.
»Hey Ruby, träum nicht!«, sagt meine Mutter und stupst mich an.

Den ganzen weiteren Tag habe ich richtig gute Laune. Die kann noch nicht mal Horatio verderben, der sich immer noch ständig die Szene mit dem Ball ansieht. Mittlerweile hat er sie etwa 30-mal hintereinandergeloopt und Musik dazu geschnitten. Im Grunde ist es so: Mein Kopf ist eine TROMMEL und der Ball die Drumsticks.

Am nächsten Tag in der Schule kann ich mich gar nicht richtig konzentrieren. Ständig muss ich an Ben und unsere Begegnung unterm Tisch denken.
Und dann ruft auch noch die Hyäne:

NA TOLL! Das hat mir gerade noch gefehlt. Jetzt, wo mein Gehirn den Zustand einer Motte hat, die um eine Verandalampe kreist. Zum Glück bin ich ja ein ganz besonderes Genie, mir wird schon irgendetwas einfallen …

hehe, Wortspiel

Wir kritzeln also gerade auf unseren Testblättern herum, da geschieht etwas, mit dem keiner gerechnet hat. Ich weiß echt nicht, wie das passieren konnte. Also, es ist mir gänzlich ein Rätsel, eine unlösbare Gleichung! Ich könnte Consti mit seinen Viechern verfluchen. Er macht mir meinen ganzen Plan zunichte, meine wahre Identität zu verbergen. Denn aus meinem Rucksack krabbelt plötzlich **ANTHRAX**, die Ratte meines Bruders. Bevor ich reagieren kann, flitzt sie hinüber zu den Zwillingen, die auf der anderen Seite des Ganges sitzen. Ich spiele gerade mit dem Gedanken, eine Stuntrolle über den Boden zu machen und Anthrax dabei unauffällig einzusammeln, da schreien die Zwillinge auch schon los. Und nicht nur sie. Die ganze Klasse gerät in Panik. Das totale **Chaos**

bricht aus. Es ist die krasse Katastrophe.
Natürlich will die Hyäne sofort den Kammerjäger rufen. Stattdessen kommt der Hausmeister.
Ein großer, untersetzter Typ mit Halbglatze. Er trägt die Haare im Nacken lang und die wenigen Fusseln, die er noch auf dem Kopf hat, sind mit Gel nach oben drapiert. Er sieht aus, als hätte man ihn vor 20 Jahren in eine Kiste mit der Aufschrift:

NUR IM NOTFALL ÖFFNEN!

gepackt.
Er scheint jedoch auch nicht recht zu wissen, wie er mit der Ratten-Situation umgehen soll. Deshalb geht er wieder, um irgendwas zu holen. Ich jedoch reagiere im Vollbesitz meiner geistigen Fähigkeiten blitzschnell und schreibe Consti eine WhatsApp mit einem Foto von Anthrax.

Seine Antwort kommt prompt:

Es ist höchst ungewöhnlich, aber Anthrax steht total auf Salat (außer auf Rucola, den mag sie nicht). Ich glaub, Anthrax ist mit Kaninchen aufgewachsen … Vielleicht ist sie deswegen auch in meinen Rucksack gekrochen? Dort habe ich beim Frühstück mein Pausenbrot verstaut, auf dem – für den Frischhalteeffekt und die Extraportion Vitamine – ein großes Salatblatt klemmte.

Leider habe ich das Brot in der letzten Pause schon aufgegessen. Wo zum Himmel bekomme ich jetzt nur ein Salatblatt her, um Anthrax wieder einzufangen? Und wie schaffe ich das, ohne dass jemand was mitkriegt? Wenn die anderen erfahren, dass dieses haarige Biest zu meiner Familie gehört, bin ich geliefert. Mein Ruf wäre ruiniert! Ich müsste noch mal die Schule wechseln, wahrscheinlich sogar die Stadt, das Land oder besser noch: den

Planeten!

Was also tun?

Plötzlich wird die Tür aufgerissen und der Hausmeister steht wie **RAMBO** vor uns, ausgerüstet mit einem Wischmopp, einem Spaten, einer Mausefalle und einem Feuerlöscher. (Wozu zum Teufel braucht er einen Feuerlöscher?)

»Bye-bye, Kleiner Nager! Deine Tage sind gezählt«,

ruft er noch und sprüht mit dem Feuerlöscher einmal über die ersten Reihen.
Die Hyäne schreit ihn an: »Klokowski, bist du noch ganz dicht?«
Während die Hyäne versucht, uns zu beruhigen, rennt der Hausmeister wie ein Verrückter mit dem Feuerlöscher in der Hand durch unser Klassenzimmer und brüllt: »Wo ist denn jetzt das Mistvieh? Komm raus, kleine Ratte, und kämpfe wie ein Mann!«

Ich beobachte den *Hausmeister*, wie er die Ratte sucht. Plötzlich bewegt sich die Tasche von der Hyäne und gibt ein leises Geräusch von sich. Der Hausmeister bemerkt es, schnappt sich den Spaten, holt aus und schlägt wie wild auf die Tasche ein!
Oh Gott, die arme Anthrax!!! Ich sehe schon die Beerdigung vor mir, wie Ratten aus allen möglichen fernen Ländern angereist kommen, um Abschied von Anthrax zu nehmen und ihren **tragischen Tod** zu betrauern. Sie würden Käse am Grab niederlegen: Französische Ratten würden Camembert mitbringen, spanische Manchego und eine italienische Großfamilie würde einen ganzen Laib Parmigiano Reggiano heranrollen. Die wohlhabenderen Ratten würden teuren Gruyère-Käse und köstlichen Appenzeller zu Grabe tragen, die ärmeren Verwandten wahrscheinlich nur eine labbrige Scheibe Scheiblettenkäse aus der Plastikfolie pulen und auf das Grab klatschen … Mein Bauch beginnt zu knurren. Ich mag Käse wirklich gerne.

Zum Glück stellt sich dann heraus, dass es nicht die Ratte meines Bruders war, die die Tasche der Hyäne zum Wackeln gebracht hat. Es war ihr Handy, das auf Vibrationsalarm gestellt war. Jetzt hat die Hyäne eine Spider-App.

Die Ratte meines Bruders bleibt spurlos verschwunden. Zum Glück ist es die letzte Stunde. Ich verstecke mich danach also kurz auf dem Mädchenklo, um von dort dann wieder ins leere Klassenzimmer zu huschen, um Anthrax vor der Mausefalle und dem idiotischen Hausmeister zu retten. Als ich den Raum betrete, sehe ich sie sofort: Anthrax sitzt auf dem Lehrerpult und verspeist gerade meinen Mathetest, den die Hyäne vor Schreck liegen gelassen hat.

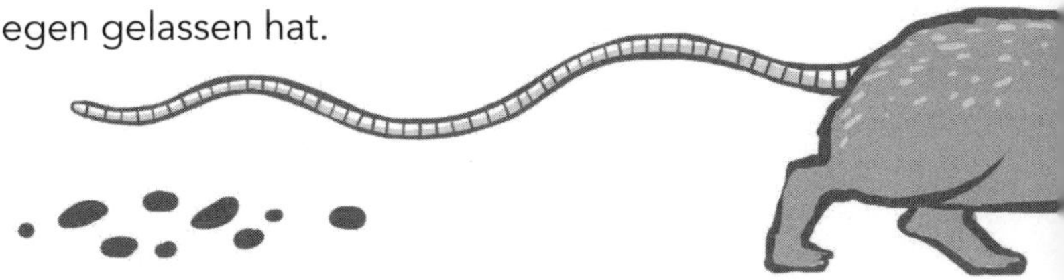

Anthrax ist es wohl egal, ob sie Blattsalat oder Zahlen- und Buchstabensalat frisst …
Danach hinterlässt sie ein paar schöne Kackköttel auf dem Schreibtisch der Hyäne.
Auf meinem Gesicht macht sich ein Grinsen breit. In diesem Moment schließe ich die Ratte meines Bruders richtig ins Herz. Zufrieden streichle ich Anthrax, dann packe ich sie in meinen Rucksack und fahre mit dem Bus nach Hause.

Pfui, Spinne!

Anthrax erholt sich zum Glück schnell von ihrem kleinen Ausflug. Ich glaube, alle anderen hatten mehr Stress als sie. Trotzdem kümmere ich mich zu Hause erst mal ordentlich um das Tier und füttere es mit Salat und ein paar Erdnüssen. Ich hatte Sorge, dass ihr mein Mathetest nicht so gut bekommt, aber das stellt sich als unbegründet heraus. Anthrax ist so fröhlich wie immer.

Als ich mir gerade ein Glas Orangensaft aus der Küche hole, fällt mir ein, dass ich schon lange nicht mehr bei Amadeus war. Manchmal bringe ich ihm eine Blume vorbei, und ich denke, er wartet auch darauf und freut sich darüber. Sonst macht es niemand. Amadeus ist nämlich schon über 100 Jahre tot. Sein Grab befindet sich auf dem alten Teil des Friedhofs, dort, wo die umgekippten **Grabsteine** liegen, die teilweise von Moos überwuchert sind. Draußen ist richtig schönes Wetter. Also mache ich mich auf den Weg dahin.

Ganz in der Nähe von Amadeus' Grab ist mein *Lieblingsplatz*: ein rosenberankter Pavillon.

Darunter steht eine Bank, auf der ich manchmal sitze und meine HAUSAUFGABEN mache. Heute habe ich mein Biologiebuch mitgenommen und den Abschnitt über Amphibien gelesen. Es geht um Frösche, Kröten, Unken, Salamander und Molche, deren Körperbau und Entwicklung. Ich will auf die nächste Stunde bei der Hyäne gut vorbereitet sein. # gähn!
Nach einer Weile klappe ich das Buch seufzend zu und mache mich auf den Weg zurück.
Ich schlendere gerade durch unseren Garten, äh … ich meine über den Friedhof, da entdecke ich Ben! Er steht am Grab seines Großvaters. Oje, Ben darf mich auf gar keinen Fall sehen. Was würde er von mir denken, wenn er wüsste, dass ich in meiner Freizeit einfach so auf dem Friedhof herumspaziere? Er würde mich doch bestimmt für *maximal* gestört halten! Und dann will er mit mir bestimmt nie wieder was zu tun haben …

Gerade will ich mich unauffällig aus dem Staub machen, da dreht er sich schon um.

»Hey, Ruby!«, sagt er und lächelt traurig.

»Hallo, Ben!«, sage ich und werde bestimmt mindestens knallrot.

Wieso läuft er nicht weg? Wieso sieht er mich so süß an? Unschlüssig schaue ich mich um. Soll ich lieber weitergehen? Oder was soll ich sagen? Bevor ich eine Entscheidung treffen kann, fragt mich Ben schon:

»Was machst du denn hier?«

»Äh, ich bin zufällig hier«,

sage ich.

Tolle Antwort.

Ben zieht eine Augenbraue hoch.

Ich will Ben nicht anlügen. Irgendwas muss ich finden, was ihn nicht verschreckt, aber doch zumindest fast die Wahrheit ist.

»Ähm, ich war hier lernen, für Bio«, sage ich. Das stimmt ja.
»Wieso lernst du denn auf dem Friedhof?« Ben mustert mich mit zusammengekniffenen Augen.
Na super, jetzt findet er mich sowieso schon **DOOF**.
Ich wünsche mir in diesem Moment so sehr, dass ich bei Ben einfach ich selbst sein kann. Doch ich kann ihm nicht sagen, was ich hier wirklich zu tun habe, das ist viel zu riskant.
Bevor ich weiter drüber nachdenken kann, erzähle ich schon irgendwelche Ausreden: »Ähm, also, bei uns sind Handwerker im Haus. (Na gut, mein Vater ist ja echt Handwerker.) Das ist voll laut. (Na, leise ist er zumindest nicht.) Und ich dachte, auf einem Friedhof ist es ja totenstill, äh … ich meine doch eher ruhig«, sage ich.
Innerlich bitte ich Ben ganz doll um Verzeihung, dass ich so rumflunkere. Aber das mit der Stille auf dem Friedhof, das stimmt doch. Normalerweise. Wenn nicht gerade Baumfällarbeiten sind oder ein Flugzeug drüberbrettert.
»Hier kann ich in Ruhe meine **HAUSAUFGABEN** machen!«, schiebe ich schnell hinterher. Mir wird ganz warm. Ich glaube, ich bin richtig rot im Gesicht. Mann ey.
Doch anstatt mich auszulachen, sieht Ben mich interessiert an.
»Schlau!«, sagt er. »Sollte ich vielleicht auch mal machen, wenn mein großer Bruder mich nervt!«

Ben findet mich schlau. Hehe …
Ich grinse.
Ben grinst auch.
Einen Moment lang schweigen wir beide
und starren auf das Grab seines Opas.

»Ich vermisse ihn so!«,
sagt Ben plötzlich leise.
Wir sagen beide eine Weile nichts.
Kurz überlege ich, ob ich Ben vom tragischen
Tod meines Meerschweinchens im letzten Jahr
erzählen soll. Aber vielleicht kann man das
doch nicht so richtig vergleichen.
Da beginnt Ben zu erzählen und ich höre
einfach nur zu. Zuhören ist manchmal besser als alles andere.
Ben spricht von der gemeinsamen Zeit mit seinem Opa.
Dass der immer für ihn da war, besonders als seine Eltern sich getrennt haben. Dass er immer auf seinen Opa zählen konnte, egal, was war.
Ich verstehe Ben total. Ich mag meine Oma auch schrecklich gerne. Ich will gar nicht daran denken, wie sehr ich sie vermissen würde, wenn sie nicht mehr da wäre. In diesem Moment dämmert mir, wie gut ich es eigentlich habe, dass es meine Familie gibt. Und dass sich meine Eltern zwar ab und zu krachen, aber auch total lieben und schätzen.

Ja, ich liebe meine Eltern wirklich sehr …

Genau jetzt, wo ich darüber nachdenke, höre ich ein hysterisches Kichern hinter Ben und mir. Und wer biegt da um die Ecke? Ihr glaubt es nicht!

MEINE ELTERN!!!

Hand in Hand turteln sie über den Friedhof. Oh nein! Ben darf auf gar keinen Fall wissen, dass das meine Eltern sind!

»Ruuuuuuby!«, ruft meine Mutter. »Immer wieder schön, sein Töchterchen auf einem netten Spaziergang zu treffen!«

Okay, die Sache ist gegessen. Der Drops ist gelutscht. Die Katze aus dem Sack.

Jetzt kann es nicht mehr schlimmer kommen, denke ich gerade.

Aber es kommt schlimmer.

Meine Eltern sind soooooo *peinlich* …
Ich kann hier gar nicht aufzählen, was an meinen Eltern alles peinlich ist, aber okay, ich versuch’s!

Was an meinen Eltern und der ganzen Situation peinlich ist:

1. Sie sind meine Eltern! Schon Grund genug, sich für sie zu schämen.
2. Sie tauchen genau auf, als ich mit einem der zehn süßesten Jungen der Welt rede … Also, ein übleres Timing gibt es überhaupt gar nicht!
3. Mein Vater sagt: »Hallo!« zu Ben. Und gibt ihm die Hand! Schäm!
4. Meine Eltern nennen sich »mein Regenwürmchen«, »mein Friedhofsblümchen« und noch Schlimmeres … Hatte ich ja schon mal erwähnt! Grrrrrrr …
5. Beide tragen höchst peinliche Klamotten, sie sehen mal wieder aus wie aus einem alten Schwarz-Weiß-Film. Nur, dass die Klamotten eben nicht schwarz-weiß sind, sondern quietschbunt. Und: Mein Vater trägt Hosenträger!!! Kein normaler Mensch tut so was.
6. Das Allerschlimmste: Sie kuscheln und sie knutschen! Eltern, alle mal herhören! Das ist absolut oberverboten!!!!!

Eigentlich sind meine Eltern ja ganz okay, aber nicht, wenn sie plötzlich mitten bei meinem **DATE** auftauchen – na gut, Ben und ich haben uns nur zufällig getroffen. Aber wer weiß, was passiert wäre, wenn meine Eltern nicht aufgetaucht wären …

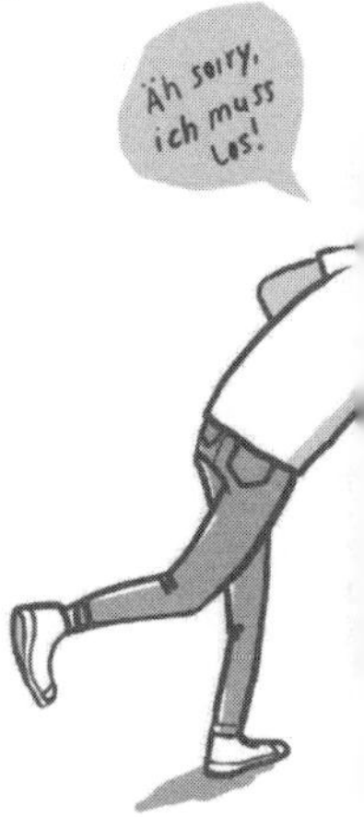

Sie sind aber aufgetaucht und so macht Ben sich relativ schnell aus dem Staub.
Verständlicherweise. Ich würde als Mann auch nicht unbedingt gleich zu einem Verhör mit den **Schwiegereltern** gezwungen werden wollen. Ja, ja, ihr denkt jetzt bestimmt: Übertreib mal, Ruby, ihr wart gar nicht verabredet und ihr kennt euch doch noch kaum, aber ich sag euch: Irgendwas ist da zwischen Ben und mir!

Abends liege ich noch lange wach und überlege, was Ben wohl denkt. Er fand es gar nicht komisch, dass ich meine Hausaufgaben auf dem Friedhof gemacht habe. Er fand mich sogar **schlau**! Hat er zumindest gesagt.
Oder hat er das nur gesagt, weil er höflich sein wollte, und eigentlich will er nichts mehr mit mir zu tun haben? Ich muss ihm unbedingt noch eine andere Seite von mir zeigen, nicht dass er mich doch noch komisch findet.
Was tun **»normale«** Mädchen denn normalerweise so? Ponyreiten? Na, ich kann ja schlecht mit einem

Pony durch die Schule reiten, Ben zuwinken und rufen: »Guck mal, ich bin ganz normal, Ben, siehst du?« Ich kichere über meine eigenen bescheuerten Gedanken und irgendwann schlafe ich ein …

Der Schokoladenerpresser

Irgendwann ist wieder Montag. Eigentlich hab ich null Bock auf Schule. Aber vielleicht sehe ich ja Ben wieder! Ich springe also aus dem Bett und mache mich auf den Weg. Gerade als ich mein Geschichtsbuch aus meinem Spind holen will, piept mein Handy. Eine SMS! Von einer unbekannten Nummer. Mein Herz macht einen Hüpfer – hat Ben mir geschrieben? Bestimmt! Aufgeregt öffne ich die Nachricht und lese:

»Liebe Ruby,
du lebst dort, wo andere nicht mehr leben.
Du schläfst da, wo andere für immer schlafen.
Das werde ich deiner gesamten neuen Schule verraten.
Außer, du legst bis morgen um 12 Uhr drei Tafeln Schokolade an den Busch neben dem Papierkorb am hinteren Friedhofseingang.
Ich hab jetzt schon Hunger!
Das Phantom«

Mir läuft es eiskalt den Rücken runter.
Irgendjemand weiß Bescheid!
DAS PHANTOM weiß Bescheid! Doch wer zum verpopelten Nachtfalter ist das Phantom?

Ich schlucke. Eine Erpressungs-SMS! Ich – Rubinia Rosalinde Black – werde erpresst! Das ist ein Skandal! Von dem natürlich keiner wissen darf! Sonst würden ja alle erfahren, wie peinlich meine Familie ist.
Dann wäre ich an dieser Schule so was von … gestorben.
Misstrauisch sehe ich mich um. Alle tun total unschuldig. Diese Schauspieler! So leicht lasse ich mich nicht täuschen! Wütend knalle ich meinen Spind zu. In meinem Kopf erstellte ich bereits eine Liste von Verdächtigen.

Hauptverdächtig sind natürlich die Zwillinge. Sie sind mächtig verdächtig!
Was mich allerdings stutzen lässt: Wenn sie mein Geheimnis wirklich kennen, warum haben sie mich nicht schon verraten? Das wären doch DIE News für ihren blöden Video-Channel!
Wer kommt sonst noch infrage? Vielleicht jemand anderes aus meiner Klasse? Mats, der Kleine mit der Brille, der schräg hinter mir sitzt?
Der verhält sich AUFFÄLLIG unauffällig!

Oder der mit den roten Haaren und den Sommersprossen? Justus heißt der, glaube ich. Bestimmt will der was von mir und hat gecheckt, dass ich einen anderen gut finde, und ist jetzt sauer …
Oder hat Ben herausgefunden, wo ich wirklich wohne? Allein bei dem Gedanken spüre ich ein Ziehen im Bauch. Nein, Ben würde mich niemals erpressen! Außerdem glaubt er doch wie alle anderen, dass ich in der weißen Villa wohne. Oder nicht?
Soll ich die POLIZEI rufen? Aber halt! Moment! Dann weiß sofort jeder über mein Geheimnis Bescheid! Da kann ich ja gleich Plakate drucken lassen und überall in der Stadt aufhängen …
Ich beschließe, die Schoki zu besorgen und mich dann auf die Lauer zu legen, um den gemeinen Erpresser zu überführen!

Auf dem Weg nach Hause, in der Nähe unseres Friedhofs, gibt es einen Supermarkt. Es ist ein kleiner Laden mit nicht allzu großer Auswahl, aber für Schokolade reicht es. Gerade als ich in den Gang mit den Süßigkeiten einbiegen will, bleibt mir der Atem weg … Was macht Frau Liebenbein denn hier? Und wo ist ihre Bärenbestie? Nicht dass die plötzlich um die Ecke biegt und doch noch Hackfleisch aus mir macht!!!
Ich spähe um das nächste Regal. Alles wirkt normal. Trotzdem bleib ich auf der Hut. Schnell schnappe ich mir drei Tafeln Schokolade und gehe zügig zur Kasse.

Hat Frau Siebenbein etwas mit der Erpressung zu tun? Ist sie das Phantom? Das ist doch bestimmt kein Zufall, dass sie sich genau jetzt in der Nähe des Friedhofs herumtreibt! Ich kann sogar verstehen, warum sie Schokolade fordert; mit ihren Keksen wird sie wahrscheinlich auf die Dauer nicht glücklich. Aber hat sie überhaupt ein Handy? Weiß sie, wie man SMS schreibt? Meine Oma ist total fit in so was, aber ich kann ja nicht von ihr auf andere schließen …

Zügig verlasse ich das Geschäft und mache mich auf den Weg zum Friedhof. Natürlich blicke ich mich dabei immer wieder um, ich muss ja nachsehen, ob Frau Siebenbein und ihre BESTIE mir folgen. Dass ich die beiden nicht entdecke, macht die Situation nicht besser. Vielleicht haben sie schnell einen anderen Weg zum Friedhof genommen und warten da bereits auf mich? Mit laut klopfendem Herzen laufe ich zum Hintereingang. Da ist der

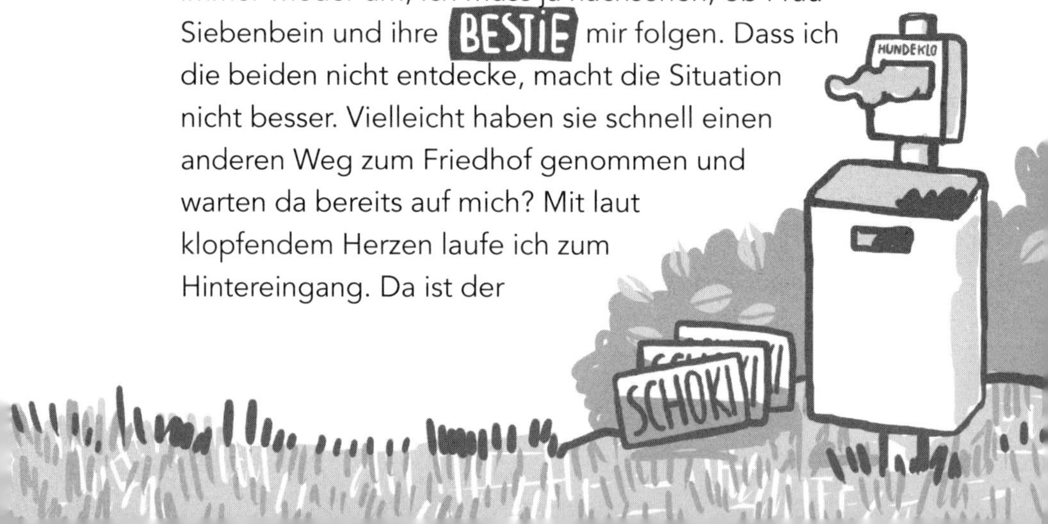

Papierkorb.
Und da ist das Gebüsch. Zwei Mädchen fahren auf ihren Rädern an mir vorbei.
Ich schaue ihnen hinterher. Vielleicht hat das Phantom sie geschickt, um mich auszuspionieren? Extrem wachsam lege ich die Schokolade in das Gebüsch. Dann sehe ich mich nach einem Versteck um.
Letztendlich entscheide ich mich für einen Baum ganz in der Nähe. Dort warte ich also auf den Verbrecher.

Ich warte und warte …
Nichts passiert.
Dann nähert sich plötzlich ein älterer Herr dem Papierkorb … Er wirft ein benutztes **TASCHENTUCH** hinein und … geht weiter.
Hmm …
Dann kommt eine Mutter mit einem *Kinderwagen*. Ein perfektes Versteck für die Beute! Sie bleibt stehen! Was tut sie jetzt? Sie zieht ihr Handy heraus und telefoniert. Na so was! Vielleicht telefoniert sie mit ihrem Komplizen, dem Phantom?

Sie quatscht und QUATSCHT und schiebt den Wagen dann doch weiter. Aus der Ferne höre ich, wie ihr Baby schreit.

Kurz und schmerzlos: Ich hab eine Ewigkeit gewartet und niemand ist gekommen, um die Schokolade abzuholen. Nun wird es langsam dunkel und ich muss mich auf den Weg nach Hause machen. Schnell schlüpfe ich durch den Friedhofseingang und laufe zwischen den Gräbern hindurch zu unserem Haus.

Meine Eltern warten bereits mit dem Abendessen. Mein Dad hat Gemüse-Lasagne gemacht, dazu gibt es einen Salat aus Omas Garten mit Walnüssen und Mozzarella-Käse. Lecker!

Doch irgendwie will heute jeder sein eigenes Ding machen. Dad verzieht sich mit seinem Essen in die Werkstatt runter, Oma geht mit einer Freundin ins Theater, Consti ist auch mal wieder nicht dabei, und als Horatio endlich nach Hause kommt, murmelt er, er hat keinen Hunger, und verschwindet ebenfalls.
Also machen meine Ma und ich es uns vor dem Fernseher gemütlich und schauen Frankenstein.
Dazu gibt's die Lasagne und selbst gemachte Minz-Zitronen-Limo.

Megagut.

Psychoheinies und andere Merkwürdigkeiten

Am nächsten Tag gehe ich EXTRAFRÜH los, um nach der Schokolade zu sehen. Natürlich ist sie weg! Mann ey, jetzt weiß ich immer noch nicht, wer mich so dreist erpresst. Irgendwie scheint mir jeder verdächtig. Ich denke logisch nach. Ich muss meine Umgebung beobachten. Irgendwas wird mir schon auffallen!

Gesagt, getan!

Schnell stelle ich fest:
Manche Sachen sind echt merkwürdig!

1. Es gibt drei Linkshänder in unserer Klasse. Von 30 Kindern. Also glatte 10 Prozent.
2. Auffällig viele Schüler tragen gestreifte Oberteile …
3. Uuuuund: Mats, der kleine Brillenträger, der schräg hinter mir sitzt, hat seit drei Tagen dieselben Socken an!!! Ihhhhhh!!! (Obwohl, wer weiß, vielleicht hat er auch ein Dreierpack gekauft?)

Ben sehe ich kaum. Aber immer, wenn wir uns zufällig im Gang begegnen, lächelt er mich an.

Der Hausmeister begegnet mir dagegen ziemlich oft. Er ist immer noch auf der Suche nach der Ratte und hat sogar Fallen gebaut, um Anthrax zu fangen. Der arme Kerl weiß ja nicht, dass Anthrax schon längst nicht mehr hier ist.
Während der Rattenfänger von Hameln die

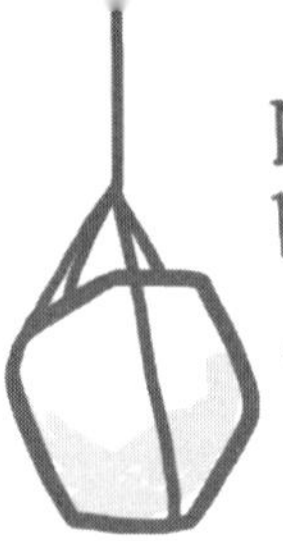

Ratten mit Musik angelockt hat, versucht Herr Klokowski es mit Käse und Speck. Mit VIEL Käse und Speck. Er muss echt aufpassen, dass er nicht sogar die Ratten aus anderen Städten anlockt. Der muss, glaub ich, mal zum Psychologen, der Hausmeister.
Allerdings hab ich gut reden. Gleich hab ICH nämlich einen Termin beim Schulpsychologen. Das ist mir vom Direktor aufgedrückt worden. Wegen der MOBBING-GESCHICHTE. Na klasse! Jetzt soll ich mich in dieser Situation, wo ich erpresst werde und niemand mein Geheimnis erfahren darf, auch noch von einem PSYCHOHEINI durchleuchten lassen. Puuuh …

Mal wieder irre ich durch die Gänge. Diesmal suche ich Raum 201. Ein schlaksiger TYP in einem schlabbrigen Anzug kommt fast gleichzeitig mit mir an. Er wirkt etwas abgehetzt, aber sympathisch.
»Jammer«, sagte er. »Dr. Jammer, mein Name. Hallo Rubinia!«
»Ruby!«, verbessere ich. »Nennen Sie mich Ruby!«
Er lächelt kurz freundlich, schimpft aber dann, weil der Raum verschlossen ist. »Mal wieder muss ich den Schlüssel holen, als ob ich nichts Besseres zu tun hätte … «, murmelt er vor sich hin.
Ein paar Minuten später kehrt er mit der Sekretärin zurück, die ihm den Raum aufsperrt. Er wirft einen Blick

hinein und ruft empört: »Der Raum ist völlig ungeeignet, man hatte mir doch versprochen …«
Doch da stöckelt die Sekretärin schon längst wieder den Gang hinunter.

Ich folge dem Psychologen. Stimmt! Der Raum scheint auch mir für eine psychologische Beratung völlig ungeeignet. Wir sind offensichtlich in einer alten Biologiesammlung gelandet. Zumindest schließe ich das aus den ausgestopften Tieren, die mich aus dem Regal anstarren. Mein Blick bleibt an einem struppigen Fuchs hängen, der dabei ist, einen Hasen zu fangen. Die Szene sieht aber eher so aus, als hätte der Hase den Fuchs erschreckt. Auch verschiedene Vögel hängen hier rum. Also, besonders glücklich sehen diese ausgestopften Tiere nicht gerade aus. Irgendwie finde ich das fies, dass sie nicht begraben worden sind – sie müssen für immer mit leicht beklopptem Gesichtsausdruck in dieser vergessenen Biologieausstellung ausharren.

Außerdem gibt es hier noch nicht mal 'ne COUCH! Gibt es bei Psychologen sonst nicht immer eine Couch?
»Das ist doch kein Zustand! Ich kann so nicht arbeiten!«, schimpft Dr. Jammer vor sich hin.
»Schon doof, ne?«, sage ich. Was anderes fällt mir grad nicht ein.
»Also, weißt du, Ruby, ich bin schon seit über drei Jahren hier an dieser Schule und ich habe immer noch kein eigenes Büro. Dabei bin ich ein HOCHKOMPETENTER Psychologe. Die Zustände hier sind untragbar! Immer dieses Gerenne durch das gesamte Schulgebäude. Die Räume, die mir zugeteilt werden, sind nicht richtig ausgestattet, völlig ungemütlich … Ich werde hier einfach nicht ernst genommen mit meiner Arbeit! Eigentlich müsste ich ein anständiges Büro haben mit hochwertigem Parkett und einem Mahagonischreibtisch mit Marmorplatte, stattdessen sitzen wir hier in einer Abstellkammer.«

Ich nicke verständnisvoll und frage mich, ob alle Psychologen so sind wie Dr. Jammer.
»Und weißt du, was das Schlimmste ist?«, schnieft der Jammer, während ich ihm ein Taschentuch reiche.
Interessiert hebe ich die Augenbrauen und animiere ihn so, weiterzusprechen.
»Ich bin Vegetarier, tote Tiere machen mich traurig!«
Irgendwie tut der Jammer mir leid, dann aber fällt mir wieder ein, warum ich hier bin.
»Herr Dr. Jammer, ich brauche vier Psychologiestunden bei Ihnen mit Ihrer Unterschrift, damit ich auf dieser Schule bleiben darf, kriegen wir das hin?«, frage ich vorsichtig.
»Äh ja, natürlich«, murmelt der Jammer.
Also reden wir.
Man erfährt doch so einiges in so einem Psychologengespräch. Über die Zustände in der Schule, über Bedürfnisse und Träume.
Wenn man sich so gut unterhält, ist eine Stunde schneller vorbei, als man denkt.
»Ich glaub daran, dass Sie bald die richtige Frau finden!«, sage ich zum Abschied.
»Danke, Ruby, dass du mir so vertraust!«, sagt Dr. Jammer.
Von **MIR** habe ich dem Jammer nichts erzählt.

Verdächtig, verdächtig …

Am nächsten Tag verschließe ich gerade meinem Spind, da steht **Ben** plötzlich neben mir.
»Hi, Ruby!«, sagt er und grinst.

Oh Gott, was ist denn mit meinen Knien los? Warum wackeln die so?

»Ich wollte mich noch mal bei dir bedanken, dass du für mich da warst, als mein Opa gestorben ist.« Ben lächelt, und ich schwöre, er wird ein bisschen rot dabei.
»Ist doch klar!«, sage ich. Und lächele auch.
Ben will gerade noch was anderes sagen, da klingelt es und **seine Kumpels** ziehen ihn im Gedränge mit. Er hebt entschuldigend die Hände.
Ich hätte ja zu gerne gewusst, was Ben mir noch sagen wollte. Bestimmt wollte er sich mit mir **verabreden!** Den ganzen Tag grübele ich über diese Frage und kann mich kaum auf den Unterricht konzentrieren.

Dafür hat die HYÄNE leider gar kein Verständnis. Sie schnauzt mich voll an. Und wieder frage ich mich, warum die Hyäne so gemein ist. War sie schon als Kind so? Wahrscheinlich ist sie von ihren Eltern ausgesetzt und dann von Streunenden Hunden großgezogen worden. Ihr einziger Freund war wahrscheinlich die Bärenbestie. Wenn sie lacht, sieht man noch die Ähnlichkeit.

Ein paar Tage später weiß ich immer noch nicht, wer hinter dem PHANTOM steckt. Vielleicht sind es doch die Zwillinge, vielleicht jemand anderes aus meiner Klasse oder irgendwer, den ich gerade gar nicht auf dem Schirm habe. Das verunsichert mich total. Ich bin schon richtig zittrig.
Mann, irgendwie verhält sich JEDER auffällig. Sogar Ben schaut in der Mittagspause ständig zu mir, so als ob er mich beobachten würde. Bei diesem Verdächtigen muss ich allerdings zwei Gründe in Betracht ziehen.

Grund 1: Er beobachtet mich, um rauszufinden, ob ich ihn bereits verdächtige.
Grund 2: Er ist schwer verliebt in mich!

Ich beschließe, erst mal Letzteres anzunehmen.

Auf dem Weg nach Hause, ich lauf gerade mal wieder über den Friedhof, treffe ich – ihr werdet es nicht glauben – schon wieder auf die Siebenbein! Diese Frau ist definitiv grob verdächtig. Auffällig unauffällig steht sie am Grab eines Herrn Watzlaf Siebenbein, legt ein paar Blumen nieder und weint. Wie viel Mühe sie sich mit ihrer Tarnung gibt. RESPEKT!
Dieser Grabstein ist bestimmt nur eine Attrappe aus Styropor und sie ist eine gute Schauspielerin! Als sie weg ist, klopfe ich dagegen: Der Stein ist aus massivem Marmor! OOOOPS. Plötzlich hab ich ein schlechtes Gewissen. Hier liegt vielleicht doch der echte Mann der Siebenbein. Vielleicht bilde ich mir nur ein, dass sich alle gegen mich verschworen haben? Ich weiß gar nicht mehr so recht, was ich noch denken soll.

Während ich mich wie eine Gejagte von Grabstein zu Grabstein zu unserem Haus vorkämpfe, versuche ich, alles im Blick zu behalten. Wer beobachtet mich? Leute, so 'ne Erpressernummer geht echt auf die Psyche, sag ich euch. Aber eine

Rubinia Rosalinde Black

lässt sich nicht so leicht unterkriegen. Ich schwör euch, dieses Phantom werde ich noch erwischen!

Ben und die Zucchini-Käse-Nudeln

Heute ist ein doofer Tag – denn Selma ist nicht in der Schule. Sie ist wegen der Hochzeit ihrer Tante in einer anderen Stadt. Schule ohne Selma ist megalangweilig. Niemand, der mir lustige Zettel rüberschickt. Niemand, der die Paprika von meinem Teller isst, weil ich die absolut nicht leiden kann. Niemand, der mir in Englisch Vokabeln vorsagt …

Ich vermisse Selma – und das nicht nur, weil die Zwillinge mir ständig auf den Fersen sind. Ich wundere mich etwas über mich selbst. Eigentlich wollte ich doch niemanden so nah an mich ranlassen nach der Nummer mit Mia. Die hat mich nämlich übelst verraten. Aber davon erzähl ich euch ein anderes Mal. Daran erinnere ich mich nicht so gerne.

Zurück zu den von mir überaus geschätzten und heiß geliebten Zwillingen. #STÖÖÖHN

Um ihnen beim Mittagessen aus dem Weg zu gehen, warte ich so lange, bis sie außer Sichtweite sind, bevor ich mich in die Schlange einreihe.

Ich drücke am Getränkeautomaten gerade auf den Knopf mit Apfelschorle, da steht plötzlich Ben neben mir. Vor Schreck kleckere ich ein bisschen, aber zum Glück nicht schlimm.

»Hey, Ruby!«, sagt er und grinst wieder so süß.

»Hallo, Ben!«, sage ich und spähe auf sein Tablett.

Er hat genau wie ich die Zucchini-Käse-Nudeln

gewählt. **COOL!** Das ist doch schon mal ein gutes Zeichen, dass wir denselben Geschmack haben. Wobei, vielleicht liegt es auch daran, dass die einzige Alternative eine wirklich übel riechende **Kohlsuppe** ist … **BÄÄH!**
»Du, bei mir fällt morgen Sport aus, da hab ich nachmittags frei. Und du hast doch auch bis zur Sechsten – da dachte ich, du magst vielleicht nach der Schule mit mir ein Eis essen gehen!«, sagt Ben und wird total rot.

Ich sag doch, wir passen gut zusammen!

Was? Ob ich mit ihm ein Eis essen will? Irgendwas in meinem Bauch rumort. Das sind bestimmt wieder diese Würmer … äh, ich meine Schmetterlinge. Man sagt ja, wenn man verknallt ist, hat man **Schmetterlinge** im Bauch. Habt ihr da mal richtig drüber nachgedacht? Wie eklig ist das eigentlich! Ich will weder **Schmetterlinge** im Bauch haben noch Maden oder Käfer! Das ist megaunappetitlich. Aber ich weiß schon, was die Leute meinen: dass es so kribbelt und man ein bisschen abhebt. Und genauso fühle ich mich gerade. Natürlich hab ich mich kurz darauf wieder **VOLL UNTER KONTROLLE** und reagiere total lässig.
»Klar!«, sage ich. »Eis essen ist super!«
»Cool!«, sagt Ben und grinst. »Dann bis morgen!«
Bevor er geht, kritzelt er mir noch schnell seine **Handynummer** auf meine Serviette.

»Falls was dazwischenkommt!«

Was soll denn dazwischenkommen?

Ich starre Ben hinterher, wie er seinen Teller mit Zucchini-Käse-Nudeln zu einem Tisch balanciert.

KRASS! Ben und ich sind verabredet!!! Wir haben ein richtiges Date!!! Ich hab so oft davon geträumt … Wir werden Eis essen gehen, Musik hören, heiraten, Kinder kriegen … uns als Rentner gemeinsam den Sonnenuntergang auf unserer Veranda ansehen! Okay, das ist vielleicht ein bisschen weit gedacht. Aber ich bin halt eine

Visionärin.

Den restlichen Tag hab ich das Gefühl, dass ich platzen muss. Es gibt NIEMANDEN, mit dem ich meine Gefühle teilen kann. So doof, dass Selma nicht da ist. Ich überlege, ihr eine SMS zu schreiben, aber sie weiß ja gar nicht, dass ich Ben gut finde. Soll ich schreiben: »Hey Selma, ich bin übrigens in Ben verknallt, und jetzt hat er mich gefragt, ob ich morgen mit ihm Eis essen will!«?

Ist mir irgendwie zu DOOF. Nachher verplappere ich mich noch und erzähle von unserer Begegnung auf dem Friedhof. Zu riskant.

Ich stelle mir aber vor, wie es wäre, wenn ich eine Freundin hätte, der ich alles sagen könnte.

»Wenn ich eine Freundin hätte, der ich alles sagen könnte.«

1. Wenn ich eine Freundin hätte, der ich alles sagen könnte, würde ich sie anrufen und aufgeregt ins Telefon schreien: »Allerbeste Freundin, du glaubst es nicht, Ben und ich sind verabredet!!!«
»Was?«, würde meine Freundin zurückrufen. »Ihr seid verabredet? Wie genial!«
2. Würde sie eine wahre Freundin sein und sich riesig mit mir freuen, obwohl sie selbst hoffnungslos und unglücklich in irgendwen verliebt sein würde.
3. Würde sie mir die Frage der Fragen stellen: »Und Ruby? Was ziehst du bei deinem wichtigen und tollen Date mit Ben an?«
Ich würde die Hände vors Gesicht schlagen und rufen: »Oh nein, darüber habe ich ja noch gar nicht nachgedacht. Ich hab wirklich null Plan, was ich anziehen soll!« Und dann würden wir gemeinsam meinen Kleiderschrank durchforsten und natürlich nichts Passendes finden. Und sie würde mir ihr coolstes T-Shirt leihen.
4. Würde ich sie fragen, über was ich mit Ben reden könnte. Und sie würde schlau und weise gucken und sagen: »Hör auf deinen Bauch, Ruby! Der Bauch weiß immer Bescheid!« Denn sie hat auch irgendwelche Selbsthilfe-CDs von ihrer Oma gehört. Und ich würde denken: Was habe ich nur für eine kluge Freundin!

Aber ich hab keine Freundin, mit der ich über alles reden kann.
Also überlege ich selbst: Soll ich das hellblaue Kleid anziehen, in dem Ben mich kennengelernt hat? Das Kleid ist frisch gewaschen und deshalb leider jetzt ohne BLUTSPINNE, obwohl Ben mir doch gesagt hat, dass er die Spinne so toll findet!
Aber vielleicht hat er das gar nicht ernst gemeint?
Hach, ich brauch echt jemandem, mit dem ich ordentlich reden kann …
Aber es ist leider niemand da (außer ANTHRAX, um die ich mich ein bisschen kümmere, weil Consti mal wieder auf Bandprobe ist).

Oh nooooooooo!

Als meine Ma endlich vom Einkaufen zurückkommt, platzt es aus mir raus: »Ich treff mich morgen nach der Schule mit Ben!«
Ich weiß nicht, was ich erwartet habe:

Fanfaren, Jubelschreie, Konfetti?

Auf jeden Fall nicht das: Meine Mutter steckt den Kopf aus der Küche und ruft: »Du, Ruby, das geht morgen aber nicht!«

Ihr Satz trifft mich noch härter als der Basketball, mit dem mich Ben umgehauen hat.
»Was? Wieso?«, stoße ich hervor.
»Na ja, wir haben doch morgen einen Zahnarzttermin!«
»Aber …« **Das kann nicht sein.** Davon wusste ich nichts! Das hatte mir keiner gesagt. Okay, das hat mal im Raum gestanden. **Aber so konkret???** Da muss ein Irrtum vorliegen! »Dann musst du ihn halt verschieben!«, sage ich. Problem gelöst. Hehe …
Meine Mutter kommt aus der Küche. »Ruby, das geht nicht, wir haben den schon mal verschoben!«
»Mama, ich kann nicht, nicht morgen …«, versuche ich zu erklären.

»Du kannst dich doch mit dem Jungen ein anderes Mal …«
Ich kann nichts dagegen tun, dass mir TRÄNEN in die Augen steigen.
Kennt ihr das, wenn man richtig, richtig wütend wird?
Und ich wurde richtig, richtig wütend.

»Morgen ist der wichtigste Tag in meinem Leben und dir ist das total egal! Morgen hab ich mein Date mit Ben. Und wenn ich da nicht hingehe, lernt er bestimmt ein anderes Mädchen kennen und dann werden wir nie in unseren Schaukelstühlen den Sonnenuntergang sehen!«,

schreie ich und renne hoch in mein Zimmer.

Ich werfe mich aufs Bett. Ich fühle mich so richtig alleine und im Stich gelassen. **NIEMAND**, wirklich niemand, versteht mich. Mit niemandem kann ich richtig reden. Das ist so gemein. Jetzt hab ich endlich mal jemanden getroffen, der mich mag, und dann wird mir alles kaputt gemacht. Wegen so 'nem **DOOFEN ZAHNARZT.**
Plötzlich merke ich, dass ich heule. Das ist einfach stärker als ich, ich kann nichts dagegen tun. Mein ganzer Körper bebt und die Tränen laufen mir über die Wangen.
Schnell drehe ich die Musik auf. Laut.
Dann schau ich auf mein Handy. Soll ich doch mal versuchen, bei **Selma** anzurufen? Kurz wähle ich ihre Nummer, lege aber schnell wieder auf.
Wenn ich jetzt mit Selma rede, muss ich ihr alles erzählen. Wie ich Ben auf dem Friedhof getroffen habe, wie wir uns beim *Leichenschmaus* unterm Tisch begegnet sind und über die Gabel in seiner Hand geredet haben. Spätestens an der Stelle würde mich Selma fragen, warum ich auf dem Friedhof war, und ich würde stottern und sie würde mich durchschauen, und dann würde sie alles wissen und sich ekeln und gruseln und mich dann bestimmt wegdrücken und überall erzählen, dass ich ein **FRIEDHOFSZOMBIE** bin.
Am liebsten würde ich vor allem weglaufen. Ich könnte aus dem Fenster klettern und einfach abhauen!
Ich schau nach draußen und schlucke. Das ist mir dann doch zu hoch. Warum nur hab ich ein Zimmer im ersten Stock? Ich schniefe und versuche, mir die Tränen wegzu-

wischen. Aber es kommen immer neue nach. Ich fühle mich so ungerecht behandelt. Ein blöder Zahnarzttermin soll alles zwischen Ben und mir zerstören? Kein Wunder, dass die meisten Menschen Zahnärzte nicht leiden können! Zum Zahnarzt kann man **IMMER** gehen! Es ist total egal, ob heute oder morgen oder nie! Ich verstehe echt nicht, warum wir das genau **MORGEN** machen müssen.

Das ist doch Terror, dass Kinder immer das machen müssen, was ihre Eltern wollen. Wütend schnappe ich mir ein Blatt und einen Stift von meinem Schreibtisch, setze mich auf mein Bett und formuliere ein paar *Regeln* für meine Eltern.

Rubys Elternregeln!!!

1. Eltern müssen 3 x klopfen und auf ein klares und deutliches »Herein!« warten, wenn sie dieses Zimmer betreten wollen!

2. Wenn sie kein »Herein!« hören, müssen sie hinter der mit Nagellack auf den Boden gemalten Grenze bleiben!

werde ich gleich einzeichnen.

3. Wenn ich Besuch habe, bleibt ihr gefälligst draußen! Unter keinen Umständen darf vor den Augen meiner Gäste gekuschelt oder geknutscht werden!!!! Das ist absolut eklig!!!

4. Generell bin ich als Kind zu achten und zu ehren – in guten wie in schlechten Zeiten.

5. Und abends will ich bitte nicht vollgequatscht werden, denn ich brauche RUHE IN FRIEDEN.

irgendwoher kenne ich das, aber ich weiß nicht genau, woher.

Strafe bei Regelverstoß: ~~Eine~~ ~~Zwei~~ ~~Drei~~ Fünf Tafeln Schokolade!

Ruby

Bei der Schokolade muss ich an das **PHANTOM** denken. Echt doof, dass ich es nicht erwischt habe.
Aber gut: Jetzt hab ich bezahlt und meine Ruhe.
Schnell werfe ich noch mal einen Blick auf meine Elternregeln.
Mehr fällt mir gerade nicht ein. Meine Regeln sind nicht perfekt, aber ich kann sie ja jederzeit ergänzen und verändern.

Plötzlich klopft es an meiner Zimmertür. **EINMAL!**
»Ruby, darf ich reinkommen?« Es ist meine Mama. Mit der will ich gerade absolut gar nicht reden.

Obwohl ich nichts sage, betritt sie mein Zimmer.

Na gut, ich bin mal milde mit der Bestrafung, sie weiß ja noch nichts von meinen *Elternregeln*.
»Hey, Schatz, vielleicht kannst du dich mit dem Jungen morgen später treffen … oder ein anderes Mal?«

»Lass mich einfach in RUHE!!«, sage ich.
»Ich kann ja verstehen, dass du sauer bist«, versucht es meine Ma erneut und setzt sich zu mir.
Toll, davon kann ich mir auch nichts kaufen! Trotzdem fühle ich mich ein ganz klein wenig besser.

»Ach, PURZELBÄUMCHEN, manchmal kommt einfach alles zusammen!«

Wem sagt sie das? Ich werde **verfolgt** und ERPRESST und jetzt wird mir auch noch mein **DATE zerstört**.

»Schatz, versuch mich doch auch ein bisschen zu verstehen!«, sagt meine Mutter. »Es tut mir sehr, sehr leid, dass das morgen nichts wird mit deiner *Verabredung*! Das nächste Mal klappt es bestimmt. Ich weiß noch genau, wie dein Vater und ich das erste Mal verabredet waren und meine Mutter hat meinen Bruder mitgeschickt. Als Anstandswauwau zum Aufpassen, dass wir nicht knutschen. Der lief die gesamte Zeit neben uns her. War mir schrecklich **PEINLICH**.«

Ich kann nicht anders, ich muss ein bisschen lachen. Meine Mutter hat es auch nicht leicht gehabt mit ihrer Mutter … Vielleicht geht das ja allen Kindern so? Ich lehne meinen Kopf an meine Ma. Liebevoll legt sie den Arm um mich und drückt mich.

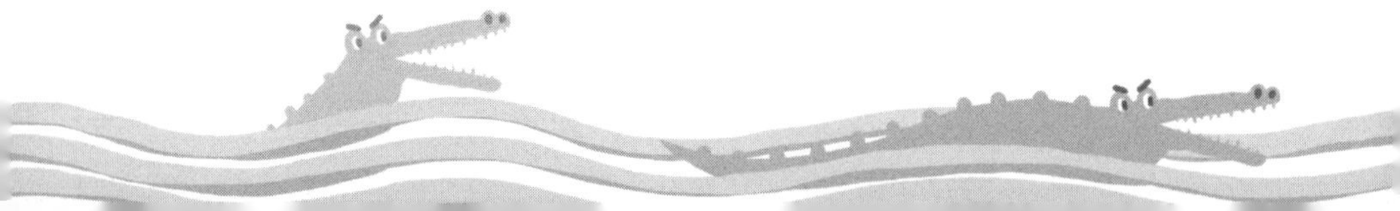

Wir reden noch ein bisschen und irgendwann sitze ich wieder alleine in meinem Zimmer.
Jetzt muss ich Ben absagen. Mann, das ist voll **DOOF**.
Ich ziehe die Serviette mit seiner Nummer aus meiner Jackentasche und tippe:

»Voll doof! Ich kann morgen nach der Schule doch nicht. Muss zum Zahnarzt ☹«

Dann starre ich traurig und nervös auf mein Handy.
Zahnarzt! Hoffentlich denkt Ben nicht, dass das eine blöde Ausrede ist und ich mich doch nicht mit ihm treffen will.
Ich überlege gerade, ob ich noch etwas schreiben soll – wie sein Training war oder so –, da kommt schon seine Antwort:

»Ihhh, Zahnarzt!«

»Wie wär's dann mit übermorgen? ☺«

Ach, Ben ist so süß. Er lässt sich durch nichts aufhalten!

Am nächsten Tag wartet meine Ma schon vor der Schule, als ich rauskomme. Wieder schauen alle wegen unserer »tollen Limousine«. Voll peinlich.

Und dann beim Zahnarzt denke ich echt, ich spinne. Sagt der doch: »Schön, Ruby, du hast sehr gute Zähne! Wir sehen uns dann in einem Jahr wieder!«

Ich glaub's nicht. **ICH BIN SO SAUER.** Weder bei mir noch bei Horatio muss irgendwas gemacht werden. Der Termin war einfach überflüssig! Und deshalb hab ich Ben versetzt??? Ich springe vom Zahnarztsessel auf und gehe. Als ich schon fast aus der Tür raus bin, drehe ich mich noch mal um und sage: »**AUF WIEDERSEHEN!**« Immerhin bin ich gut erzogen.

»Das war alles total überflüssig!«, rufe ich gerade, als mein Handy vibriert. Ich ziehe es aus der Hosentasche und werfe einen Blick drauf. Eine SMS. Von der **UNBEKANNTEN NUMMER**! In meinem Bauch zieht sich alles zusammen, als ich die Worte lese, die der Erpresser mir geschickt hat:

»Danke für die Schokolade.
Die war echt lecker!
Wie war's beim Zahnarzt?«

Woher zum Henker weiß das **PHANTOM** von meinem Zahnarzttermin???
Ich sehe mich um. Hinter uns im Auto fährt ein älterer Herr. Neben uns eine **GROẞFAMILIE**. Die Kids drücken ihre Nasen an den Fenstern platt und ziehen *Grimassen*. Theoretisch könnten sowohl der alte Mann als auch die Kinder mich **ERPRESSEN**. Wenn ich jetzt am Steuer säße, würde ich den Lenker rumreißen und nach rechts abbiegen und schauen, wer uns verfolgt.
Ich werfe **HORATIO** einen Blick zu, der auf der Rückbank sitzt. Kurz denke ich darüber nach, meiner Ma was zu sagen, allerdings bin ich immer noch total sauer auf sie. Deshalb stecke ich mir meine nicht funktionierenden Kopfhörer in die Ohren und

ignoriere ALLES und JEDEN,

bis ich zu Hause bin.

Der Zettel

Es gab in der Geschichte der Menschheit einige wichtige Tage: den Tag, an dem das FEUER entdeckt wurde, den Tag, wo das RAD erfunden wurde, die Entdeckung AMERIKAS, die MONDLANDUNG.

Aber das ist alles nichts im Vergleich zum heutigen Tag!

Ich war schon aufgeregt, als ich aufwachte. Ich war aufgeregt beim Zähneputzen, beim Haarekämmen und beim ANZIEHEN. Eigentlich war ich die ganze Zeit aufgeregt. Heute ist nämlich meine Verabredung mit Ben!!!

Und WEHE, da kommt noch mal was dazwischen!

Beim Frühstück ist mein Magen wie zugeschnürt, ich kann gar nichts essen.
»Rubymaus, du wirst doch nicht etwa krank?«, sorgt sich meine Mutter. »Komm, ich mach dir einen Tee!«

Ach, meine Ma kann so lieb sein!

Kurz danach stehe ich an der **BUSHALTESTELLE** und der blöde Bus kommt nicht.

»Das gibt einen Eintrag ins KLASSENBUCH!«,

sagt die Hyäne, als ich schließlich doch noch in der Schule auftauche. Die Hyäne glaubt uns einfach nicht. Obwohl wir mehrere waren, die zu spät gekommen sind. Na toll! Selma versucht, mich zu trösten, indem sie mir einen Zettel zuschiebt, auf dem sie die Hyäne gezeichnet hat.

Ich muss voll lachen, als ich das Bild sehe. Und Selma auch. Plötzlich steht die Hyäne vor mir.

»Rubinia, was hast du denn da?«

Oh nein! Die Hyäne darf den Zettel auf gar keinen Fall sehen!!! Dann sind wir erledigt. Noch einen Klassenbucheintrag kann ich mir wirklich nicht leisten.

»**LOS, GIB MIR DEN ZETTEL!**«, kreischt die Hyäne.

»DEN ZETTEEEEEL!!«

In diesem Augenblick tue ich das einzig Vernünftige: Ich nehme den Zettel und stecke ihn mir in den Mund. Das hab ich mal in einem **AGENTENFILM** gesehen, da hat jemand eine wichtige Schließfachnummer auf einem Stück Papier heruntergeschluckt, bevor er verhaftet wurde. Daran nehme ich mir ein Beispiel, hier geht es schließlich auch um alles.

»RUBINIA!«

»IschhaischeRuby!«, sage ich noch kauend. Und versuche, den Zettel runterzuschlucken. Aber er ist megatrocken.

Schnell schnappe ich mir meine Trinkflasche und nehme einen großen Schluck.
Jetzt klappt es. **GULP!** Ich hab den Zettel runtergeschluckt. Ich Genie!
So, wie die Hyäne aussieht, wird sie nicht zögern, mich zu foltern oder mir den Magen auspumpen zu lassen.
Doch es geschieht keins von beidem.
Die Hyäne verlässt einfach das KLASSENZIMMER, ohne etwas zu sagen. Alle lachen und feiern mich voll.
Bis plötzlich der **LAUTSPRECHER** scheppert und die Stimme der Sekretärin zu hören ist: »Rubinia Black!

Rubinia Rosalinde Black

Oh Entschuldigung, ich korrigiere: Bitte umgehend zum Direktor kommen!« Oh nein, ich muss zum **DIREKTOR**. Und noch schlimmer: Jetzt kennt die ganze Schule meinen schrecklichen zweiten Namen. Als ich den Klassenraum verlasse, fragt die Hyäne: »Zurück zu den Laubbäumen. Welche sind hier heimisch?«
Ich höre noch, wie irgendein Spaßvogel sagt: »Buche, Erle, Birke und natürlich die Rosa … LINDE!«
Und dann bricht alles in schallendes Gelächter aus.
Na super. Jetzt geht das schon wieder los. So ähnlich hat es in meiner alten Klasse auch angefangen. Und ich weiß noch nicht mal, wer sich hier über mich lustig gemacht hat. Vielleicht war es sogar das **PHANTOM**.

Mit einem flauen Gefühl im Bauch steige ich die Stufen in den zweiten Stock hoch. Ich bin ja schon mal mit meinen Eltern beim **DIREKTOR** gewesen wegen des Schulwechsels. Da war der eigentlich ganz okay. Damals hat er viel Verständnis für meine Situation gezeigt. (Hat mein Vater nachher so formuliert.)

Mal sehen, was mich jetzt erwartet.

Als ich das Büro des Direktors betrete, studiert er eine Akte. Meine Akte?

VON MIR GIBT ES EINE AKTE???

Ist das eine Akte von der Schulbehörde? Oder eine von der Polizei? Oder schlimmer noch: vom **FBI**? Schlagartig komme ich mir vor wie in einem Agenten-Film! Oder in einem **Agenten-Computerspiel**. Der Direktor ist der Endboss, ich muss das Richtige sagen, sonst fliege ich sicher von der Schule … Nur dass das hier leider kein Film oder Spiel ist, sondern die brutale Realität der **RUBINIA ROSALINDE BLACK!**

Plötzlich fängt mein Gehirn an zu rasen. Was steht in dieser Akte? Dass ich einen Zettel aufgegessen habe? Dass ich am Friedhof wohne? Sind da alle meine Geheimnisse vermerkt, all meine **PEINLICHKEITEN?**

Vielleicht sogar, dass ich **erpresst** werde? Was passiert, wenn diese Akte jemandem in die Hände fällt? Kurz überlege ich, ob es ungesund wäre, diese ganze Akte aufzufuttern. Dann allerdings räuspert sich der Direktor und blickt auf.

»Also **RUBINIA**, was muss ich hier lesen? Du bist heute zweimal verwarnt worden. Von Frau Hügel-Jäne. Was hat sie hier notiert?« Er blickt wieder in die Akte.

»Tatbestand: provokative Handlung?«

Der Direktor schüttelt leicht merklich den Kopf. »Du bist heute Morgen also zu spät gekommen …«

»Ja, der Bus ist ausgefallen!«, sage ich.

»Soso …« Der Direktor nickt leicht. »Und du hast ein Stück Papier gegessen?«

So klingt das gar nicht so schlimm, finde ich. Manche Menschen essen Pausenbrote und Äpfel und ich esse halt gerne Papier. Der Direktor sieht mich mit hochgezogenen Augenbrauen an.

»Möchtest du dich dazu nicht äußern, Rubinia?«
»Äh, ja«, sage ich schnell. Und dann weiter: »Ja, Herr Direktor, ich gebe alles zu, ich habe Papier gegessen …« Im selben Moment knurrt mein Magen. »… und wie Sie hören, liegt es mir immer noch schwer im Magen!«
Ich schwöre, der Direktor grinst ein bisschen. Aber dann wird er wieder ernst.

»Rubinia, willst du mir nicht erzählen, was wirklich los war?«
»Ruby! Sie können mich Ruby nennen!«
»Also, Ruby, was war los?«
»Ähm … tja … ich hatte heute noch nicht gefrühstückt und einfach Hunger auf ein Stück Papier … ich hab mal gehört, dass das gut für die Verdauung ist …«
»Ruby! Ich bitte dich. Ich will hier **KEINE AUSREDEN** hören! Wer soll denn so einen Blödsinn glauben? Erzähl mir doch einfach die Wahrheit! Was ist so schwer daran?«
Der Direktor wäre wahrscheinlich überrascht, wer meinen Blödsinn so alles glaubt. Ich mustere ihn kurz, er sieht mich sehr ernst an. Okay, mit dem ist heut nicht zu spaßen. Ich schlucke.
Der Direktor ist kein fieser Typ, vielleicht versteht er mich ja … Also sage ich: »Okay, wir, äh, ich (**ACHTUNG!**

Ich darf Selma **AUF GAR KEINEN FALL** verraten!), ich hab ein Bild von der Hyäne … äh, ich meine von Frau Hügel-Jäne gemalt, und dann hat sie mich dabei erwischt und wollte sehen, was auf dem Zettel ist. Sie rastet ja immer so schnell aus, und deswegen wollte ich nicht, dass sie sieht, was ich gemalt habe. Da habe ich den Zettel einfach aufgegessen …«

Jetzt ist es raus. War gar nicht so schlimm.

Ich hab den Eindruck, dass der **Direktor** schon wieder lachen muss. Aber dann räuspert er sich. »Danke für deine Ehrlichkeit, Ruby!«, sagt er. »Vielleicht solltest du nicht so viel malen und eher dem Unterricht folgen … Du wirst verstehen, dass ich, um Frau Hügel-Jäne nicht in den Rücken zu fallen, dich heute eine Stunde nachsitzen lassen muss …«

HEUTE??? Oh nein! Ich bin doch mit Ben verabredet!!!

»Geht das nicht morgen, Herr Direktor? Ich bin heute schon verabredet …«, versuche ich mein Glück.

»Leider nein!«, sagt der Direktor. »Nach der 6. Stunde bleibst du bitte einfach im Klassenraum. Frau Hügel-Jäne kommt dann zu dir. Wir haben deine Eltern bereits informiert.«

»**ABER** …«, sage ich.

»Nichts aber, Rubinia! Das Gespräch ist hiermit beendet«, schließt der Direktor. Und dann steht er einfach auf und hält mir die Tür auf.

Das gibt's doch jetzt wirklich nicht!

DAS KANN NICHT SEIN!!!

Ich fühle mich wie mit einem Eimer eiskaltem Wasser übergossen.
Das ist eine **KATASTROPHE**, dass ich Ben schon wieder versetzen muss. Das glaubt der mir nie im Leben, dass das nicht irgendeine billige Ausrede ist.

Ich bin echt so blöd!

Obwohl … Was hätte ich sonst machen sollen? Wenn ich die Zeichnung mit der Hyäne nicht aufgefuttert hätte, hätten Selma und ich bestimmt mindestens **VIER** Wochen nachsitzen müssen. Oder das ganze Schuljahr … Oder unser komplettes *Leben*!!!
Und ich hätte in Bio bestimmt 'ne 5 bekommen und in Mathe gleich dazu. Dann wäre ich mit Sicherheit sitzen geblieben. Das ist doch total ungerecht, dass man so gemeine Lehrer in mehreren Fächern gleichzeitig hat.

Das sollte verboten werden!

Zerknirscht schreibe ich Ben eine WhatsApp.

»Tut mir so leid. Kann nach der 6. nicht.
Sorry! Muss nachsitzen wegen der Hyäne! ☹«

Ben schreibt sofort zurück.

»Waaaaas? Wieso das denn?«

»Hab sie angeblich provoziert!
Hab einen Zettel gegessen!«

☺ ☺ ☺

»Hab schon gehört, dass die ultraschlimm ist!«

»Hey, mach dir keinen Kopf! Ich warte auf
dich. Kann ja in der Zeit Englisch lernen ☺«

Ben wartet auf mich!!! Mein Herz springt bis zum MOND
hoch und zurück!
Die CD von meiner Oma hat recht! Nach einem
Tiefschlag kommt auch wieder ein ERFOLG!
Nach dem Winter kommt der Frühling!
Ich wusste doch: Auf Ben ist Verlass!
Aufgeregt tippe ich eine Antwort.
Drei Smileys … Aus Versehen schicke ich noch einen
FROSCH hinterher.

»Oops, der war ein Versehen!«

Nicht dass er noch denkt, dass ich ihn für einen FROSCH halte.
Ben schickt einen Zwinkersmiley zurück.

Der restliche Tag zieht sich ewig. Ich hab richtig ANGST vor dem Nachsitzen bei der Hyäne. Wer weiß, was die sich Schlimmes für mich ausgedacht hat. Außerdem hab ich ganz schön Bauchweh. So eine Hyäne ist echt schwer verdaulich!
»Hier, das wird dir guttun!«, sagt Selma plötzlich. Boah, wie lieb. Sie hat mir einen PFEFFERMINZTEE aus der Kantine gebracht. »Ruby, es tut mir so leid, dass du die ganze Strafe abbekommen hast.«

Jetzt sitze ich hier alleine im Klassenzimmer und warte. Ich bin voll am Zittern – hoffentlich sieht die Hyäne das nicht. Im Tierreich darf man keine Schwäche zeigen, sonst ist man sofort verloren.

Ich weiß echt nicht, was schlimmer ist: die **HYÄNE** oder meine fiese alte Schule? Warum muss ich immer so **GEMEINE LEUTE** treffen?
Im selben Moment geht die Tür auf und die Hyäne kommt herein. »Da bist du ja, Rubinia, los geht's! Wir machen einen Ausflug in die Schulbibliothek. Nicht so langsam! Zack, zack!«
Ich schwöre euch: Die ergötzt sich an meinem Leid!
Ich laufe also neben ihr her, während sie mich zutextet.

»Ja, das hast du nun davon! …

Hättest du dir ja vorher überlegen können! …

Jeder bekommt das, was er verdient!«

Plötzlich bleibt die Hyäne stehen und schließt eine Tür auf. »Wir nehmen eine ABKÜRZUNG!«, sagt sie und schiebt mich schnell in einen dunklen Gang hinein.

HILFE, was kommt denn jetzt?
Unsicher folge ich meiner Lehrerin.
Der Gang ist echt lang und echt dunkel. Einen kurzen Moment bewundere ich die ZIELSTREBIGKEIT der Hyäne. Auf eine spezielle Weise ist sie irgendwie cool. Die lässt sich von niemandem ärgern, denke ich gerade. Doch dann dreht sich die Hyäne plötzlich zu mir um und sagt: »Weißt du, Ruby, wenn ich Zeit überbrücken muss oder Angst habe, fange ich an, das PERIODENSYSTEM durchzugehen. Element für Element. Zahl für Zahl. Wasserstoff 1, Helium 2, Lithium 3, Beryllium 4, Bor 5 …«

Ich glaub echt, die spinnt. Ich krieg richtig ANGST, dass die Hyäne irgendwo eine Geheimtür aufstößt und mich in ein finsteres Verlies wirft. Dieser Frau ist alles zuzutrauen. Wer weiß, welche Leichen sie schon im Keller hat. Vielleicht ist das ja ihr Hobby? Arme kleine Schülerinnen zu entführen und dann bei Wasser und Brot jahrelang mit ihrem langweiligen Unterricht zu Tode zu quälen. Offiziell würde sie erklären, ich wäre nie zum Nachsitzen erschienen. Also, wundern würde mich das nicht.

Während die Hyäne gerade bei »ARSEN 33« ankommt, sehe ich mich schon vergiftet neben einem Skelett eines ehemaligen Schülers in einer Zelle sitzen. Oder noch schlimmer: Die Hyäne stopft mich aus und stellt mich in ihre **BIOLOGIESAMMLUNG**! Niemand außer dem bekloppten Hausmeister würde mich suchen. Und er würde mich niemals finden … so unfähig wie er ist.

Schließlich erreichen wir die Schulbibliothek. Es war wirklich eine Abkürzung. Ich bin fast enttäuscht. Dann sehe ich mich um. Die Schulbibliothek ist voll mit Büchern – logisch! – und kein einziger Schüler ist da. Nur der HAUSMEISTER sitzt in einer Ecke hinter einem Stapel Bücher mit den Aufschriften:

Die Bibliothekarin kommt gerade mit einem Kaffee in der Hand aus dem Hinterzimmer, als sie ihn ebenfalls entdeckt, und ruft: »Ach, Herr KLOKOWSKI! Sie hab ich ja noch nie hier gesehen! In Ihrer Schulzeit waren Sie kein einziges Mal hier, soweit ich mich erinnere! Machen Sie etwa Ihr Abitur nach?«

Der Hausmeister schüttelt den Kopf und sagt: »Frau Zipperling, ich habe Wichtigeres zu tun! In diesen Büchern steckt Wissen! Und Wissen ist Macht! Und die brauche ich im Kampf gegen **DIE RATTE**, wissen Sie?« Er schaut uns mit einem irren Blick an.

Ist der Kerl etwa IMMER NOCH auf **Rattenjagd?**
Irgendwie tut mir der Typ voll leid. »Ähhhm, Herr Klokowski, vielleicht ist die Ratte gar nicht mehr in der Schule …«, sag ich zu ihm.
Doch der gute Mann will die Wahrheit einfach nicht hören.
»**SO EIN QUATSCH**, ich hab gestern noch von ihr geträumt! Ich vertrau da ganz meiner Intuition!« Der Hausmeister steckt seine Nase wieder in sein Buch.
Na, da hat Anthrax wohl doch ein bisschen was Gutes vollbracht: Der Hausmeister ist selbst zur Ratte geworden: **zur Leseratte!**
Ich muss dann irgendwelche Bücher alphabetisch sortieren, während die Hyäne hinter mir steht, mich überwacht und unverständliche Anweisungen gibt. Aber sie lässt mich zehn Minuten früher gehen.

YES!

Mein erstes (richtiges) Date ♥♥♥

Ben wartet vor der Schule auf mich.
»Ey, tut mir echt leid. Diese doofe Hyäne! Die hat mich voll auf'm Kieker«, sage ich, während wir nebeneinanderher laufen. Wir sehen gerade noch, wie die Hyäne in einen gelben Käfer einsteigt, den Motor startet und davonfährt.

»Was ist denn passiert?«, fragt Ben.
»Na ja, erst war ich zu spät. Konnte ich gar nichts für, dieser doofe Bus kam einfach nicht.«
»Und wieso hast du einen Zettel gegessen? Das musst du mir mal erklären!« Ben lacht so, dass seine Ohren wackeln. Find ich voll witzig.
Ich erzähle Ben also von der gezeichneten Hyäne, wie ich den Zettel gegessen habe und mit Apfelschorle runtergespült habe.
Ben muss voll lachen.
Ich dann irgendwie auch.
»Komm, wir holen uns ein EIS und gehen rüber in den Park!«, schlägt Ben vor.

Erst laufen wir nur einfach ein bisschen herum, quatschen und essen unser Eis.
Ben hat Erdbeer und Stracciatella genommen. Genau wie ich!!!! Krass! Das ist bestimmt kein Zufall!
»Komm, lass uns an den Spielplatz setzen!« Ben hat echt immer **GUTE IDEEN**. »Die Bank da? Und jetzt erzähl mal, wie das genau war mit dem Nachsitzen!«
Ben interessiert sich wirklich für mich. Für das, was mir Traumatisches passiert ist. **So süß!** Also erzähle ich Ben von dem Hausmeister in der Schulbibliothek und was für Bücher der gelesen hat. Wieder müssen wir voll lachen.
Allerdings muss ich mich auch öfter mal umdrehen und gucken, dass sich uns niemand von hinten nähert.
»Was schaust du?«, fragt mich Ben.
»Ach …«, sag ich. Ich kann ihm ja schlecht erzählen, dass ich verfolgt und erpresst werde. Oder doch?
»Ich werde verfolgt …«, flüstere ich.
»Von den ZWILLINGEN?«, fragt Ben und zieht eine Augenbraue hoch.
»Woher weißt du das? Kannst du Gedanken lesen?«
»Nee, aber die beiden steuern gerade direkt auf uns zu!«, sagt Ben.
Oh nein! Nicht schon wieder! Können **Milli & Lilli** mich nicht einmal in Ruhe lassen?
»Na, Ruby und Ben! Was macht ihr denn hier?«, fragen die Zwillinge gleichzeitig.

»Wir genießen das schöne WETTER!«, erkläre ich.
»Genau!«, stimmt Ben mir zu.
»Aha, na dann wollen wir euch zwei Süßen mal nicht weiter stören!«, bemerken die Zwillinge. Doch anstatt sich zu verkrümeln, beginnen sie, in weiten Bahnen um uns herumzulaufen. Wie **GEIER**, die ihre Beute umkreisen. Ich bin mir sicher, dass sie uns auch heimlich fotografieren und filmen.

»Ey, das nächste Mal treffen wir uns wieder auf dem **FRIEDHOF**! Da haben wir wenigstens unsere Ruhe«, bemerkt Ben.
Da muss ich trotz allem voll lachen. Aber irgendwie nervt das mit den Zwillingen total.
»Hey, wir könnten einfach ins Kino gehen! Vielleicht können wir so die beiden abschütteln!«, fällt mir plötzlich ein.
Ha! Ich hab halt auch *echt gute Ideen*.
Findet Ben auch.
Schnell holen wir sein Fahrrad, das noch an der Schule steht. Ich setze mich einfach auf seinen Gepäckträger und halte mich an Ben fest. ♥♥♥ Und obwohl mir mein Hintern auf dem Gepäckträger sauwehtut, haben wir einen Riesenspaß. Ben schafft es vor lauter Lachen oft gar nicht richtig, geradeaus zu fahren.

Eigentlich wollen wir

Die Rache der komisch Kostümierten Comic-Helden **Teil 9**
– die fast vorletzte Entscheidung!

sehen. Dürfen wir aber leider nicht, weil der Film erst ab 16 ist. Wie blöd. Der einzige andere Film, der auch noch in dem Kino läuft, heißt:

Das ist ein Kinderfilm in **3-D** und wir müssen uns schon beim Titel kaputtlachen. Wir holen uns Popcorn und Getränke. Voll teuer. Dabei geht unser ganzes **TASCHENGELD** drauf.

In dem Film geht es dann um irgendwelche **Waldwichtel**, die sich im Wald verlaufen haben. Sie heißen Piep, Pups und Peng oder so. Mehr bekommen wir nicht mit, weil wir die ganze Zeit **POPCORN** futtern, lachen und quatschen. Einmal berühren sich unsere *Hände* in der Popcorntüte.

Auf dem Weg nach Hause können wir endlich wieder richtig reden. Und dann nimmt Ben einfach so meine Hand. Mein Herz hüpft total, und ich weiß nicht mehr, was ich sagen wollte. Aber dann merken wir, dass wir sein **FAHRRAD** vergessen haben. Da müssen wir wieder voll lachen.

Wir rennen also zurück und holen Bens Rad, dann laufen wir nebeneinander nach Hause und quatschen noch.

Mit Ben kann man echt gut reden.

An der Ecke in der Nähe von der Siebenbein-Villa verabschieden wir uns dann. Ben umarmt mich kurz.
»War voll schön! Wir sehen uns, **RUBY**!«
»Klar!«, sage ich.
Und dann fährt er mit seinem Rad weg.
Ohne mich kann er *ganz grade* fahren.

Die Kiosk-Episode

»Es war echt megacool mit Ben! Er war soooo süß!«, schwärme ich am nächsten Tag meinen Bruder voll, der mal wieder an seinem COMPUTER hockt.
Tja, normalerweise erzählt man so was ja nicht seinem kleinen Bruder, aber ich hab niemand anderen zum Reden. Allerdings scheint sich Horatio null für mein Liebesleben zu interessieren. Er zockt mal wieder irgendein Game, bei dem er gerade ZOMBIES mit Tomaten abwirft.
»Wir wollen bald mal wieder was machen!«, sage ich.
»Cool!«, murmelt Horatio, während er aus dem Endboss ein **KETCHUPMONSTER** macht, das mit jedem Treffer kleiner wird. Und ich weiß gar nicht, ob er mich meint oder sein Spiel. Mann, könnte ich doch mit Selma reden!

Am nächsten Tag sitzen **Selma** und ich zusammen in der Kantine und essen Pilzrisotto. Ich bin immer noch total aufgeregt wegen des Treffens mit Ben.
Gerade will ich Selma davon erzählen, als …
»Huhu! Hey!« Milli & Lilli setzen sich mit ihren Tabletts ungefragt zu uns.
»Ey, wisst ihr schon das Neueste?« Ich höre gar nicht richtig zu, als sie mal wieder über jemanden aus unserer Klasse ablästern.

»Uuuuund Ruby, wie war es gestern mit BEN ?«, fragt Milli plötzlich bemüht nebenbei.

Selma sieht mich überrascht an.

»Ach, Selma, wusstest du das noch nicht? Hast du das nicht in unserer neuesten Folge von Glossy gesehen? Hast du unseren Kanal etwa nicht abonniert? – Ruby & Ben waren gestern zusammen unterwegs! Nicht wahr, Ruby? Und jetzt sag mal, wie war es denn genau? Was habt ihr denn noch gemacht nach dem Eisessen?«

Oh Scheiße, Ben und ich waren in der Sendung der Zwillinge? NA TOLL! Und jetzt erfährt Selma alles von Milli und Lilli und nicht von mir? Dabei wollte ich ihr doch gerade erzählen, dass Ben und ich uns getroffen haben. Hoffentlich ist sie jetzt nicht sauer. Vor den Zwillingen werde ich hier garantiert nicht auspacken, sonst weiß gleich die ganze Schule über meine Gefühle zu Ben Bescheid. Ich muss unbedingt von dem Thema ablenken.

»Ohhhh, ich glaube, da hinten gibt es jetzt Schokopudding«, versuche ich mein Glück.

»**Schokopudding**? Wenn man sich das von der Figur her leisten kann …«, bemerkt Milli und rückt ein Stück an mich heran. »Zurück zu Ben und dir …«

Oh nein! Schwitz! Hilfe suchend schaue ich zu Selma, doch die guckt mich mindestens ebenso neugierig an wie die Zwillinge.

Ich brauche eine wirksamere Ablenkung. Etwas, das die Zwillinge voll umhaut.

Und da hab ich DIE Idee. Horatio hat doch mal am Computer ein **RICH-PEOPLE-MAGAZIN** mit meiner Ma auf dem Cover gebastelt – für ihren Geburtstag. Daran muss ich gerade denken und schon sprudelt es aus mir heraus: »Wusstet ihr schon, dass meine Mutter zur **Frau des Jahres** im aktuellen Rich-People-Magazin gewählt wurde?«

»Waaaas? Echt?«, kreischen die Zwillinge gleichzeitig.

Super! Es funktioniert. Innerlich klopfe ich mir auf die Schulter.

Gut gemacht, Ruby!

»Das wollen wir unbedingt sehen!«

»Kein Problem, ich bring euch das morgen mit!«

»Morgen? Auf keinen Fall, dann ist das Thema schon kalter Kaffee. Wir wollen das gleich sehen und direkt posten!«, sagt Milli.

»Ja, lasst uns doch zu **ALIS KIOSK** rübergehen. Der hat das bestimmt! Da machen wir dann Fotos und berichten darüber bei *Glossy*!«, sagt Lilli.

OH KACKE.

Im Augenwinkel sehe ich, wie Selma mich nachdenklich anschaut.

Oh nein, was hab ich getan? Wie komm ich aus der Nummer wieder raus?

Ich zucke zusammen und werfe dabei fast meine Apfelschorle um.

»Ja, klar, da gibt's bestimmt das Rich-People-Magazin!«, sage ich, während ich panisch versuche, in meinem tauben Gehirn einen **Ruby-Notfallplan** zu entwickeln. … und da kommt mir zum Glück der geniale

Einfall: **HORATIO!** Ich muss Horatio anrufen! Der kann mir bestimmt helfen!
»Oh, wartet mal, mein Handy klingelt, ich muss mal kurz telefonieren«, sage ich und huste.
»Das ist bestimmt *Rubys Bankmanager*, der ruft gerade an. Er weiß wahrscheinlich nicht, auf welches Konto er die ganzen Millionen packen soll!«, scherzt Milli.

Schnell laufe ich um die Ecke und rufe Horatio an. Er muss schon Schulschluss haben. Bitte, bitte, Horatio, geh ran, bete ich innerlich.
»Ruby, was ist los?«, hör ich plötzlich meinen kleinen Bruder. Himmel sei Dank.
»Horatio, du musst **SOFORT** dieses Rich-People-Magazin ausdrucken, das du zum Geburtstag von Mama gebastelt hast. Geh **SOFORT** in einen Copyshop und druck das Ding aus, dreimal! Beste Qualität! Und bring es dann zu Alis Zeitungskiosk!!! Hörst du, **ES GEHT UM LEBEN UND TOD**!«
»Aber, Ruby, ich kann nicht, ich hab hier fast den Highscore geknackt bei *Suicide Bunny 007* …«
»Mach das jetzt **SOFORT**, Horatio, bitte! Tu mir den Gefallen! Wenn du das nicht machst, bin ich erledigt!«

»Okay, aber das wird teuer!«
»Du kriegst alles, was du willst!«, sage ich noch, da kommen die Schrecklichen Zwillinge um die Ecke. »Hey, ich muss auflegen!«, flüstere ich schnell.
»So Mädels, auf zum Kiosk!«, sage ich. »Da zeig ich euch das MAGAZIN! Aber vorher muss ich mich noch etwas frisch machen!« (Schließlich muss ich Horatio einen Vorsprung verschaffen.)
Als wir in Richtung Toiletten gehen, verabschiedet sich Selma.
»Ich muss noch in die Bibliothek«, sagt sie. »Diese Zeitung interessiert mich nicht.«
Als ich Selma nachschaue, fühle ich mich seltsam einsam.

Nach dem kurzen Umweg übers Klo sind wir also auf dem Weg zu ALIS KIOSK. Ich gehe so langsam wie möglich und bleibe oft stehen, um SELFIES zu machen, meine Schnürsenkel zuzubinden oder irgendwas Unwichtiges zu fotografieren.
»Oh, die Taube da, die ist soooo sweet, so eine süße Taube!«, rufe ich und fühle mich dabei wie ein totaler VOLLTROTTEL. Die Taube ist allerdings nicht grade hilfreich, sie fliegt weg, bevor ich sie richtig fotografieren kann, und kackt mir auch noch auf den Schuh.

»Ruby, jetzt komm schon. Warum **trödelst** du so rum? Wir müssen doch pünktlich zurück bei der Hyäne sein!«
Ich glaub, die **ZWILLINGE** finden mich mittlerweile voll schräg.
Immerhin hab ich bestimmt schon fast sieben Minuten rausgeschlagen. Aber stimmt schon. Zur Hyäne will ich wirklich nicht noch mal zu spät kommen. Einmal Nachsitzen reicht mir voll.
Plötzlich rast ein Junge mit Kapuze auf einem **BMX-Rad** zwischen Milli und Lilli hindurch. Ich sehe gerade noch, wie der Radfahrer um die nächste Ecke verschwindet.
War das Horatio?

Als wir bei Alis Kiosk ankommen, klopft mir das Herz bis zum Hals. Sofort suche ich mit den Augen die Auslagen ab. Da ist es, das **RICH-PEOPLE-MAGAZIN** mit meiner Mutter drauf. Ich bin gerettet! Denke ich.
Und im selben Moment fällt mir die Zeitschrift **Schöner Sterben** ins Auge. Auf dem Cover ist mein Vater abgebildet!!!
Mit seinem neuesten Sargmodell!!! Und warum zur Hölle bin **ICH** da im Hintergrund???
Ich schreie auf: »Oh mein Gott, es ist schon so spät! Wir müssen zurück in die Schule!« Blitzschnell drücke ich Milli und Lilli das **RICH-PEOPLE-MAGAZIN** in die Hände und stelle mich vor die Zeitschrift mit meinem Vater und mir.

»WOW! BOAH! Krass!«

staunen die beiden, während sie das Magazin durchblättern und die absurden Bildmontagen fotografieren, die mein Bruder von meiner Mutter mit Oldtimern gemacht hat. Er hat sogar ein Bild gefakt, auf dem meine Mutter mit Kim Kardashian auf einer Party ist.
»Boah, Ruby, das ist so mega!«, flüstern Milli & Lilli gleichzeitig.
Ja, ich hab's geschafft! Die Zwillinge glauben die Geschichte wirklich!!!
Aber so richtig kann ich mich erst entspannen, als wir wieder aus dem Laden raus sind. Zum Glück haben die Zwillinge die Schöner Sterben-Zeitschrift nicht gesehen.

Der Alligator

»Es war echt megacool mit Ben! Er ist soooo süß!«, erzähle ich Selma endlich unter vier Augen. Ich muss ihr von meinem Treffen mit Ben alles haarklein berichten. Wir sitzen draußen am Schulteich auf einer Bank. Mmm, die Muffins, die wir uns beim Bäcker geholt haben, schmecken superlecker. Ich bin total glücklich, weil ich endlich mit Selma über Ben reden kann.
»Uuuuund, welchen Jungen von unserer Schule findest du gut?«, frag ich schmatzend, nachdem ich Selma von Ben und mir vollgequatscht habe. (Hach, ich könnte ewig darüber reden …)
»Also, da ist ein Junge, mit dem war ich schon im Kindergarten, in der Pinguingruppe, weißt du?«

»Was? Wer ist es?« Meine Neugier lässt mich fast von der Bank aufspringen.
Und genau in dem Moment, wo Selma den Mund aufmacht, um mir zu sagen, in wen sie verknallt ist, steigen vor uns im Schulteich Bläschen auf. Das Wasser fängt an zu blubbern. Ich denke: Was ist denn nun los? Was haben sich die Zwillinge jetzt schon wieder ausgedacht, um Selma und mich zu belauschen? Oder hat hier jemand einen Whirlpool installiert? (Wär gar nicht so verkehrt!) Vielleicht haben auch die kleinen Fischchen, die in dem Teich leben, Blähungen?
Ich bin noch am Grübeln, da taucht plötzlich eine Gestalt vor uns aus dem WASSER auf. Sie trägt nicht nur

eine neongelbe Taucherbrille, sondern hat – auweia! – eine HARPUNE in der Hand!

»Weg hier!«, will ich schon rufen, da nimmt die Gestalt ihre Taucherbrille ab. Es ist unser Hausmeister Herr Klokowski!

Dieser Typ hat doch voll einen an der Waffel!

Der Hausmeister nimmt seinen Schnorchel aus dem Mund und sagt: »Ach, ihr seid's nur. Ich dachte, ich hätte die Ratte!«

Ich glaub es nicht! Der Kerl jagt hier im Schulteich immer noch nach Anthrax!!! Wir müssen so blöd geguckt haben, dass er weiter ausführt: »Irgendwann muss jedes **RAUBTIER** zum Trinken kommen. Und genau deshalb warte ich hier, allzeit bereit wie ein tödlicher ALLIGATOR!«

Haben Alligatoren nicht ein Gehirn in der Größe einer Walnuss?

Der Vergleich passt!
Stolz hebt der Hausmeister die HARPUNE vor die Brust.
»Is ja toll, Herr **KLOKOWSKI**, aber seien Sie bitte vorsichtig mit dem Ding«, ruft Selma noch.
Und im selben Moment passiert es! Der Hausmeister kommt auf den Abzug, es gibt einen lauten Schlag, das gespannte Gummi schnellt nach vorne und der Pfeil schießt genau auf uns zu!!!

Ahhhhhhhhh!!!

Zum Glück saust er knapp an uns vorbei! In die Hecke hinter uns.
»SIE SIND JA VÖLLIG IRRE, HERR KLOKOWSKI!«, schreit Selma totenbleich.
(Ich kann das beurteilen.)

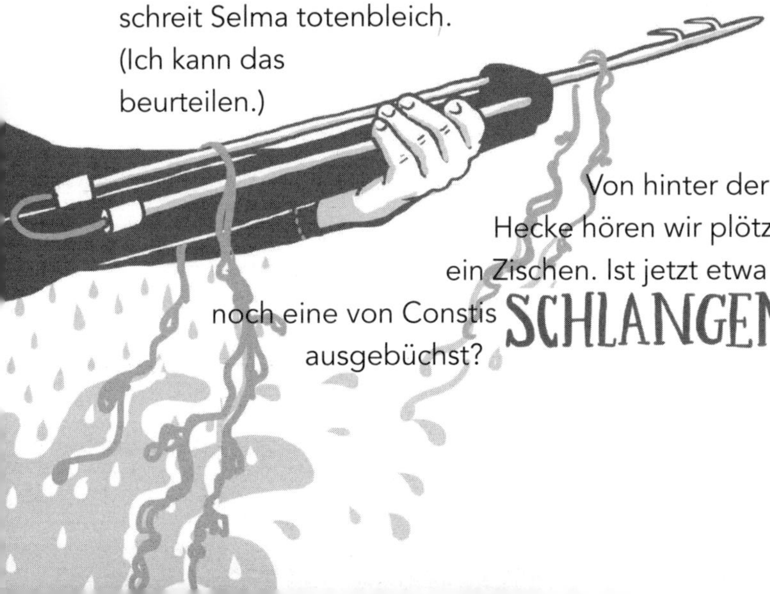

Von hinter der Hecke hören wir plötzlich ein Zischen. Ist jetzt etwa auch noch eine von Constis SCHLANGEN ausgebüchst?

Als wir um die Ecke spähen, sehen wir es: Der **Pfeil** hat keine Ratte getroffen und zum Glück auch keinen Schüler. Nein, das, was der Hausmeister getroffen hat, war der linke **VORDERREIFEN** vom Käfer der Hyäne.

Somit hat der Hausmeister an diesem Tag zwar keine Ratte gefangen, aber immerhin einen Käfer außer Gefecht gesetzt.

Es ist nicht sehr wahrscheinlich, als Mensch durch eine Harpune ums Leben zu kommen, allerdings erhöht sich die Wahrscheinlichkeit drastisch, wenn man einen durchgeknallten Hausmeister an seiner Schule hat. Die Wahrscheinlichkeit, durch einen Schlangenbiss zu sterben, ist statistisch gesehen höher, aber hier nicht relevant, da bis jetzt ja noch keine Schlangen in dieser Geschichte aufgetaucht sind ... außer die in Constis Zimmer. Aber die sollen ruhig mal da bleiben, wo sie hingehören!

Endlich haben die Zwillinge mal was Sinnvolles getan, denn sie haben die ganze Szene mit dem HAUSMEISTER gefilmt. Das Video wird massenhaft angeklickt und der Hausmeister erst mal vom Dienst suspendiert. Als Überlebende der **HARPUNENATTACKE** werden Selma und ich als Heldinnen gefeiert.

Später, als ich gerade meine Fußnägel lackiere, klingelt mein Telefon.

Es ist Ben!

Er hat von der **HARPUNENATTACKE** gehört und will wissen, ob alles okay mit mir ist.

So süß!

Dr. Jammer, die Zweite

Zum Glück hab ich heute wieder ein Treffen mit Dr. Jammer. Nach der **HARPUNENATTACKE** tut es bestimmt gut, mit jemandem darüber zu reden. Außerdem spiele ich mit dem Gedanken, dem Schulpsychologen etwas über mich zu erzählen. Vielleicht kann er mir tatsächlich helfen bei meinen Problemen? Er ist ja ausgebildet für so was! Allerdings will ich ihm nichts von Ben erzählen, das ist mir dann doch *zu privat*. Vielleicht versteht er aber, wie peinlich meine Familie ist? Mit beschämenden Situationen scheint er ja Erfahrungen zu haben!

Dr. Jammer kommt mir schon im Gang entgegen. Er strahlt. Na, immerhin hat hier einer gute Laune.

»Hallo, Ruby, diesmal habe ich mir schon im Vorfeld den Schlüssel besorgt! Ich habe jetzt noch mal auf den Tisch gehauen wegen der Raumverteilung. Das ist was, was du übrigens auch noch lernen musst in deinem Leben: deinen

STANDPUNKT klarzumachen, dich durchzusetzen!« Dr. Jammer lächelt mich vorfreudig an, während er die Tür aufschließt. »Und siehe da, jetzt haben wir endlich einen angemessenen Raum.

TATAAAAAA…«

Als die Tür aufgeht, schlägt uns sofort ein scharfer Geruch nach Reinigungsmitteln entgegen. Ich blicke mich um. Der Raum ist ziemlich klein. Und weiß gekachelt. Neben einem Regal mit nach Farben sortierten PUTZLAPPEN steht ein Wischmopp: Das ist ganz klar irgendein PUTZRAUM! Dr. Jammers Gesichtsausdruck verändert sich von einem TRIUMPHIERENDEN GRINSEN hin zu Verzweiflung und Enttäuschung. Seine ganze Körperspannung geht schlagartig verloren, als würde aus einem Luftballon die Luft entweichen … oder aus einem Reifen …

Dr. Jammer setzt sich matt auf einen Stuhl. Immerhin gibt es hier ein kleines Tischchen mit zwei Stühlen. Und, welch Luxus!, sogar ein Waschbecken! Mit fließend Wasser! Vielleicht, damit man sich nach der Sitzung die Tränen aus dem Gesicht waschen kann? Nachdem ich einen alten Putzeimer von meinem STUHL geräumt habe, setze ich mich auch hin.

Dr. Jammer ist wirklich fertig, deswegen versuche ich, ihn ein bisschen aufzuheitern: »Herr Dr. Jammer, vielleicht kann ich hier tatsächlich wieder ins Reine kommen!« Ich zeige auf das **SCHEUERMITTEL**.

Der Mund des Psychologen verzieht sich zu einem schiefen Lächeln: »Äh ja, natürlich, das wollte ich auch gerade sagen …«

Dr. Jammer schimpft bestimmt fünf Minuten darüber, wie wenig er sich ernst genommen fühlt. Kann ich irgendwie verstehen.

»… Mensch Ruby, dafür hab ich studiert. Das ist so undankbar. Ich muss mich bei Lisa beschweren.«

Lisa?

»Wer ist denn Lisa?«, frage ich.

»Na, die Sekretärin, die uns, äh, diesen Raum hier zugewiesen hat. Also, zu ihr muss ich dir eine Kleinigkeit verraten! Lisa ist meine Exfreundin, also Exlebensgefährtin, meine Ex-Lisa sozusagen.«

Oh Gott, ich schäme mich so. Warum erzählt er mir diesen ganzen

Quatsch? Der Jammer scheint mein Unwohlsein überhaupt nicht zu bemerken. Der redet einfach weiter. »Weißt du, Ruby, Lisa und ich … warte, bevor ich dir das erzähle …« Er kramt in seiner Tasche herum und zieht eine Plastikflasche mit Wasser und zwei Becher heraus: »Ich hab uns vom KIOSK was zu trinken mitgebracht, das geht auf mich!
Das ist das gute Wasser, sogar das mit SPRUDEL!
Normalerweise müsste das ja die Schule stellen, aber das ist hier wohl zu viel verlangt. Und ich möchte ja, dass du dich wohlfühlst! Sich selbst gut zu behandeln, ist auch ein Baustein des Glücks.
Das musst du dir wirklich wert sein! Wenn du Probleme hast, Ruby, gestalte deine Umgebung positiv, dann wirst du dich gleich besser fühlen!«, sagt der Jammer, während er das Wasser in die Becher gießt. »Denn wie wir unsere Umwelt gestalten, wirkt sich auf unser Wohlbefinden aus!«
Ich nicke zustimmend. Die BESTÄTIGUNG tut ihm gut.
Während der Jammer mir den Plastikbecher mit dem Sprudelwasser rüberschiebt, sagt er lächelnd: »Ich als Psychologe kann dir helfen, Ruby. Ich bin quasi derjenige, der dir das Putzmittel für deine Seele reicht.« Er lacht etwas.
Also, für mich ist der Typ eher der Lappen neben dem Putzmittel.
Dr. Jammer rückt seinen Stuhl zurecht. »Zurück zu meinen … äh, ich meine DEINEN Problemen …«

Ich hole gerade Luft, um etwas zu sagen, da redet er schon wieder weiter: »Ach so, also ich muss dir noch kurz die Geschichte mit Lisa zu Ende erzählen, nicht dass du denkst, ich hätte noch ein Problem mit ihr und wäre nicht über sie hinweg. Ganz im Gegenteil! Lisa ist hier eher diejenige, die verrückt spielt, sie ist echt nicht mehr normal. Weißt du, Ruby, ich hab ihr wirklich gezeigt, dass ich sie liebe. Ich hab mit ihr über meine Gefühle geredet. Das weiß man ja, dass Frauen so was an Männern oft vermissen. Deshalb hab ich mir da große Mühe gegeben … Ich hab sie jeden Tag mindestens 20x angerufen. Mindestens! An manchen Tagen hab ich auch um die 40x angerufen. Da hat sie mich weggedrückt, überleg dir das mal!«

»Äh, natürlich, Herr Dr. Jammer! Äh, meinen Sie nicht, 40x anrufen ist etwas viel?«

»Nein, Ruby, du verstehst das noch nicht. Na ja, wir vertragen uns bestimmt irgendwann wieder. Ich habe mir sogar ihren Namen auf den Arm tätowieren lassen. Hier, schau mal! Ich denke, Lisa liebt mich immer noch sehr, aber sie ist einfach zu stolz, das zuzugeben …«

Ob wohl alle **PSYCHOLOGEN** nur von sich selbst erzählen? Das ist wirklich eine merkwürdige Wissenschaft. Ich finde allerdings, dass der Jammer ein bisschen selbst schuld an seinem *Unglück* ist. Das sage ich ihm aber nicht. Ich höre ihm einfach nur zu. Und ein bisschen erzähle ich ihm auch. Aber nichts wirklich Wichtiges.

Friedhofsyoga

Am nächsten Tag komme ich gerade verschlafen in die Küche, da bittet mich meine Ma: »Schatz, kannst du mal die Getränke rüber zu Oma bringen? Sie hat gerade einen Kurs und ich muss noch schnell die Totenkopftörtchen für nachher verzieren!«

Klar, so ein kleiner Morgenspaziergang auf dem Friedhof ist immer nett. Vielleicht sehe ich ja auch Ben wieder? Obwohl … besser nicht. Der würde sich ja wundern, warum ich schon wieder auf dem Friedhof abhänge.
Also beeile ich mich etwas, während ich das Tablett zwischen den GRABSTEINEN hindurchbalanciere. Gar nicht so einfach, meine Ma hat es richtig vollgepackt. Es ist super Wetter und es sind mal wieder ganz viele Leute zu Omas Kurs gekommen. Aber meine Oma ist ja auch wirklich klasse. Sie kann sich nicht nur so krass verbiegen und sieht dabei immer noch super aus, sie ist ja auch voll weise und schlau. Bei ihrer Sammlung von Selbsthilfe-CDs ist das auch kein Wunder. Und weil meine Oma so ein Superguru ist, kom-

men auch so viele zu ihren Kursen. Hatte ich euch ja schon mal erzählt.

»Wir breiten unsere Flügel aus und gehen ganz auf in dem gefallenen Engel. Genießt eure Größe und atmet tief ein, meine Lieben, und spürt, wie das Leben in euch pulsiert. Noch hat Gott uns nicht zu sich gerufen …«, sagt meine Oma gerade, als ich das Tablett auf einem Grabstein abstelle.

»Jetzt könnt ihr euch ein wenig im begrabenen Hund entspannen … und nun erhebt euch für die Wiederauferstehung!«

Weil meine Oma so lieb fragt, mach ich ein paar Übungen mit. Nach der Harpunenattacke tut mir ein bisschen Entspannung sicher gut.

Als ich am nächsten Tag an der Schule ankomme, stürmen die Zwillinge sofort auf mich zu.

»**RUUUUUBYYY!** Du siehst ja so erholt aus. Was hast du das Wochenende über gemacht?«

Oje, ich kann ihnen ja schlecht erzählen, dass ich zwischen einem Haufen GRABSTEINEN Friedhofsyoga gemacht habe. Aber wenn ich den **Friedhof** weglasse …

»Äh, ich hab ein bisschen Yoga gemacht mit meiner Oma!«, erkläre ich, während Milli und Lilli auf ihren Handys rumwischen.
»Was? Du warst im OMAN? Da sind doch nur die Reichsten der Reichen!!!«, jauchzen die Zwillinge plötzlich und blicken von ihren Handys hoch. »Da soll es doch so tolle Strände geben!!!! Oh Ruuubyyy!«
»Nee, ich war ganz normal …«, setze ich an.
»Ach, Ruby, nicht so bescheiden! Du kannst uns doch alles sagen!«, Milli legt den Arm um mich. »Du bist echt so besonders, Ruby, weißt du?«
Mann, ich will doch gar nicht besonders sein! Ich will einfach nur **NORMAL** sein.
Aber die Zwillinge verstehen echt alles falsch. Ich weiß auch nicht, wie das wieder kam – plötzlich erzählen alle, ich bin mit unserem Privatjet am Strand im Oman gewesen, war zwischendurch shoppen in PARIS und habe mit Justin Biber 'ne Limo getrunken.
Irgendwie redet auf der Schule jeder über mich. Wie konnte mein Plan nur so nach hinten losgehen?

Als ich mit einigen Mädchen aus meiner Klasse zum **Kunstraum** laufe, kommt uns plötzlich Dr. Jammer entgegen. Er sieht mich und guckt ganz schnell weg. Was ist denn heute los? **Spinnen jetzt alle?**

Etwas später jedoch,
als ich alleine bin, winkt mich der Jammer plötzlich hinter eine Ecke und erklärt: »Ruby, nicht dass du denkst, dass ich dir nicht Hallo sagen wollte. Ich bin ja der **Psychologe**, und ich wusste nicht, ob dir das vielleicht unangenehm ist, dass wir uns kennen …«
»Alles klar. Cool!«, sage ich. »**KEIN PROBLEM**!«
Und dann mache ich mich schnell davon. Nicht dass mich noch jemand mit ihm sieht.

Das geheime Video von den Zwillingen

Schulschluss. Endlich!!! Die Sonne scheint, es ist wirklich ein schöner Tag. Selma und ich sitzen im Park auf einer Mauer. Da tauchen plötzlich die Zwillinge auf.
»**RUNTER**!«, rufe ich und springe hinter die Mauer.
Zum Glück springt Selma gleich hinterher, auch wenn sie mich fragend ansieht.
»Da kommen die Zwillinge!«, erkläre ich.
»Oh, oh, die **PAPARAZZI** kommen!« Selma lacht.
Aus unserem Versteck beobachten wir, wie **Milli** & **Lilli** näher kommen.
»Ich finde das total ungerecht!«, ruft **Milli** laut.
Oder ist es **Lilli**?
Die beiden schreien sich voll an.

Sie scheinen sich richtig zu **STREITEN**. Selma tippt mich an und flüstert leise: »Ich hab eine Idee! Gib mir mal dein Handy!«

Selma öffnet die Kamera-App.

»Was machst du da?«, flüstere ich zurück.

Selma grinst. »Na, was die können, können wir auch! Die Zwillinge wollen bestimmt nicht, dass alle mitkriegen, wie sie sich streiten. Wenn wir sie dabei filmen, haben wir was gegen sie in der Hand und die beiden lassen dich endlich in Ruhe!«

Am liebsten würde ich Selma sofort umarmen, aber ich will sie nicht stören beim Filmen. Allerdings fühlt es sich schon ein bisschen komisch an, jemanden heimlich zu filmen. Und bei den ZWILLINGEN geht es richtig ab.

»Immer willst du vor der Kamera stehen!«, ruft die eine.

»Und dein Name wird auch immer zuerst genannt!«

»Na, zu Recht! Ich verspreche mich ja auch viel weniger als du!«, sagt Milli oder Lilli. »Außerdem bin ich die Erstgeborene!«

»Das ist doch völlig egal. Du guckst immer total doof! Außerdem seh ich besser aus als du!«

»Was? ICH seh besser aus als

DU! Und die Fans mögen MICH sowieso lieber als dich!«

»Nein, ich seh besser aus!«, brüllt die andere.

»Wahrscheinlich mögen dich die Fans nur, weil sie denken, du bist ich!«

Was ist das denn? Ich hätte fast laut losgelacht. Die »FANS« haben überhaupt keine Ahnung, wer wer ist! Mit Sicherheit wissen nicht mal ihre Eltern, wer Milli und wer Lilli ist. Niemand kann die Zwillinge unterscheiden!

Das scheinen die beiden dann doch auch selbst zu bemerken.

»SO EIN QUATSCH, UNSERE FANS KÖNNEN UNS SOWIESO NICHT UNTERSCHEIDEN! DAS SIND ECHTE IDIOTEN! DIE MERKEN DOCH AUCH NICHT, DASS WIR UNS BEI DEN GESCHICHTEN DIE HÄLFTE AUSDENKEN!«

Die Zwillinge lachen beide.

Wow, die Zwillinge, die immer wollen, dass alle sie toll finden, die Zwillinge, für die immer alles perfekt sein muss, genau DIE haben gerade ihr wahres Gesicht gezeigt. Sie haben gezeigt, wie sehr sie ihre Fans benutzen und VERACHTEN. Der Film ist Gold wert! Wir haben wirklich was gegen Milli und Lilli in der Hand! Vielleicht ist das das Ende von dem ganzen MILLI-UND-LILLI-ZIRKUS??? Ich atme erleichtert aus.

Aber was genau sollen wir mit dem Video anfangen? Sollen wir Milli & Lilli wirklich damit erpressen? Sind wir dann nicht genauso schlimm wie sie?

»Was machen wir jetzt damit?«, frage ich, als die Zwillinge wieder außer Sicht- und Hörweite sind.

»Keine Ahnung!«, sagt Selma. »Aber irgendwie fühlt es sich gut an, für den Fall der Fälle etwas gegen die beiden in der Hand zu haben.«

Ja, das finde ich auch. Ich fühle mich richtig gut, als ich mich auf den Weg nach Hause mache.

Dr. Jammer, die Dritte

Ich überlege, ob ich dem Jammer irgendwas erzählen soll von der FILMEREI. Vielleicht kann der mir einen guten Rat geben? Diesmal sind wir in meinem Klassenraum gelandet. Dr. Jammer wirkt zufrieden, als er uns Wasser in die Gläser gießt. Da klopft es an der Tür. Es ist die HYÄNE.

»Oh Verzeihung, Herr Dr. Psychologe! Wenn Sie hier Ihrer wichtigen Arbeit nachgehen, will ich Sie überhaupt nicht stören … ich möchte nur aus dem Schrank schnell die Hefte zur Korrektur mitnehmen!«, sagt sie. Und haltet euch fest! Sie sagt es freundlich!!! **WAS?** Die Hyäne ist **FREUNDLICH**? Ich vermute sofort, dass die Aliens doch da gewesen sind, und anstatt mir aus meiner ausweglosen Situation zu helfen, haben sie die Hyäne ausgetauscht! Ich bin schwer enttäuscht.

»Danke für Ihre Rücksichtnahme … hehe … und viel Spaß auch bei Ihrer sehr, sehr wichtigen Aufgabe, dem Korrigieren, Frau Lehrerin!«, antwortet Dr. Jammer und grinst so komisch.

Sieht voll peinlich aus!

Aber was ist das??? **Die Hyäne lächelt!!!** Also, nicht dieses fiese Lächeln, das man von ihr kennt, sondern ein echtes. Es sieht in etwa so aus, als würde … an einem schiefen Baum mit verschrumpelten Äpfeln

plötzlich eine Blüte sprießen. Es gibt wohl doch noch WUNDER auf dieser Welt!
Dr. Jammer und ich sehen der Hyäne nach, wie sie das Klassenzimmer verlässt. Dann lächelt der Jammer mich mit leuchtenden Augen an.
»Was für eine sympathische Frau! Und so freundlich«, sagt er noch.

»Ja, solch eine wertschätzende Frau, davon kann jeder Mann nur träumen! Bei ihr bist du in guten Händen. Ich beneide die Schüler, die diesen strahlend schönen Engel im Unterricht haben!«, schwärmt Dr. Jammer.

Das ist zu viel. Ich muss lachen, pruste los und verteile das **WERTVOLLE WASSER** (mit Sprudel!) über den Tisch.
Für mich ist die Hyäne eher so strahlend wie **ATOMMÜLL**.
»Nun zu dir, Ruby, erzähl doch mal aus deiner Kindheit!«, fordert der Jammer, während er mit seinem Stofftaschentuch den Tisch trocken reibt.
Ich denke kurz nach. Soll ich dem Jammer davon erzählen, dass ich anhand von **Grabsteinen** lesen gelernt habe? Meine ersten Worte waren »Ruhe in Frieden«! Oder soll ich ihm vielleicht sagen, dass ich schon als **Kleinkind** statt eines Laufstalls einen **ALTEN SARG** hatte? Ist das die Erklärung für all meine Probleme?
Bevor ich überhaupt irgendetwas sagen kann, redet der Jammer weiter: »Bei mir gab es schlimme Ereignisse in meiner Kindheit …«
Ich kann nicht anders und schlage mit der Hand auf den Tisch.
»**STOPP**, jetzt reicht es, Herr Dr. Jammer! Ich will das alles gar nicht wissen. Bitte seien Sie nicht sauer, aber

manchmal erzählen Sie wirklich zu viel PRIVATES.
Und jetzt hören Sie mir bitte mal zu!«, rufe ich. Das ist ja schließlich meine Sitzung und nicht seine!
Herr **JAMMER** scheint etwas überrascht, aber dann sagt er freundlich: »Äh ja, danke für dein ehrliches FEEDBACK, Ruby. Das hat mir noch nie jemand so klar gesagt!«
Ich komme schließlich doch noch dazu, ein paar Sachen zu erzählen. Der Jammer gibt mir auch ganz gute Tipps.
DASS MAN AN SICH SELBER GLAUBEN MUSS UND SO.
Eigentlich ist das ja klar, aber manchmal vergisst man das auch irgendwie.

Steine und Gebeine

In der nächsten Stunde bei der Hyäne wundern sich alle. Die Hyäne ist megagut drauf. Es gibt nur EINMAL Nachsitzen und nur DREI Strafarbeiten. Was ist mit der Hyäne los? Als sie die Referatsthemen verteilt und die Gruppen einteilt, huscht sogar der Hauch eines Lächelns über ihr Gesicht. Aber vielleicht hab ich mir das auch nur eingebildet. Nervigerweise werde ich mit den Zwillingen in eine Gruppe gesteckt. Gut, dass Selma auch dabei ist.

»Wir sollten uns direkt treffen! Am besten bei RUBY!«, sagt Lilli grinsend und trommelt auf ihr Pult.

»Ähm, bei mir ist es schlecht!«, antworte ich schnell.

»Wieso?«, bohrt Milli nach.

»Ähhh … !«

Boah, Mann!

Die machen es mir echt nicht leicht. Diese nervigen Zwillinge stecken ihre neugierigen NASEN aber auch überall rein! Leider fällt mir noch nicht mal eine SCHLECHTE AUSREDE ein.

Zum Glück sagt Selma: »Also, wenn's bei Ruby nicht passt, können wir uns einfach heute Nachmittag bei mir treffen. Ich wohne gleich um die Ecke.«

Damit sind zum Glück alle einverstanden. Selma zwinkert

mir zu, während wir unsere Schulsachen in die Taschen packen. **Sie ist echt SCHWER in Ordnung!**

Später sitzen wir in Selmas Zimmer und futtern leckere Kekse – weit bessere als die von Frau Siebenbein. Selmas Eltern sind noch bei der Arbeit.
Wir haben das Thema »**Boden- und Gesteinsschichten**« zugeteilt bekommen. Vorsichtshalber tue ich so, als ob ich keine Ahnung davon hätte. Tatsächlich weiß ich dank meiner **CONNECTIONS** zum Friedhofsbusiness ganz gut Bescheid:

Boden- und Gesteinsschichten

1. In der obersten Schicht, der Humusschicht, befinden sich Wasser, Pflanzen, Luft und Lebewesen. Man muss echt aufpassen, wenn man ein Grab schaufelt, denn da leben auch die Regenwürmer. Und Regenwürmer sind gut für die Erde, sie lockern sie auf und machen sie fruchtbar. Was natürlich für eien Friedhof scheinbar nicht so wichtig ist, aber dass die Erde locker ist, ist schon hilfreich, sonst muss man sich beim Buddeln unnötig abmühen.

2. Manchmal leben auch Mäuse und Maulwürfe in der Erde. Wir hatten einmal einen Maulwurf auf dem Friedhof. Der hat immer neue Gänge gebuddelt und überall kleine Hügel aufgeschüttet. Irgendwann war er weg. Da war ich schon ein bisschen traurig. Wer weiß, vielleicht hat er sich sein eigenes Grab geschaufelt …

3. Unter der Humusschicht kommt dann eine Schicht mit Kies. Je tiefer man gräbt, umso größer sind normalerweise die Steine, auf die man stößt. Die muss man natürlich alle entfernen, um Platz für den Sarg zu machen … Zu tief darf man allerdings auch nicht buddeln, da kommt dann irgendwann Wasser. Vielleicht stößt man aber auch auf Erdöl. Oder Gold. Oder auf eine Zivilisation, in der Maulwürfe sich auf die Weltherrschaft vorbereiten.

Das kann ich den anderen natürlich alles **NICHT** erzählen. Deshalb lasse ich die einfach machen. In Gedanken drifte ich ab. Ich muss an **BEN** denken. Frage mich, ob er auch gerade an einem Referat arbeitet. Oder ob er wieder Basketball spielt. Er muss echt noch ein bisschen Werfen üben!

Der wichtige Gegenstand

WOCHENENDE!!! Ich sitze mit meiner Ma und meiner Oma im Wohnzimmer und wir spielen Karten, während meine Brüder irgendwo draußen unterwegs sind – da stürmt mein Vater herein.

»KINNERS, zieht euch warm an! Wir müssen ein Grab noch mal öffnen! Frau Motzki ist sich sicher, dass sich in der Hosentasche ihres gestern beerdigten Gatten ein äußerst wichtiger Gegenstand befindet.«

Natürlich springen wir alle sofort auf. So ein Spektakel wollen wir uns nicht entgehen lassen. Und ganz nebenbei kann ich dabei die **Erdschichten** für unser Referat noch mal verifizieren.

Kurz darauf stehen wir um das Grab von Herrn Motzki herum, während mein Vater mit dem kleinen **BEERDIGUNGSBAGGER** die Erde aus dem Grab schaufelt. Als ein großer Teil der Arbeit erledigt ist, buddelt mein Vater vorsichtig mit der Hand weiter. Schließlich soll der Sargdeckel nicht beschädigt werden. Als ob das später jemandem auffallen würde …

Dann heben wir alle gemeinsam den hölzernen Sarg nach oben und öffnen den Deckel. Zum Glück ist Herr Motzki noch recht frisch, sonst kann so ein Manöver ganz schön eklig werden. Schnell werden seine Hosentaschen kontrolliert.

»Da ist sie ja!«, jauchzt Frau Motzki entzückt, als sie ihrem verstorbenen Gatten eine Jodl-Paybackkarte aus der Gesäßtasche zieht. »Endlich! Im Jodl-Discount haben sie gerade Kaffee im Angebot. Und mit der Karte gibt es noch mal 10% Rabatt. Ich hoffe, ich krieg noch was!«

Dann betrachtet sie den Verstorbenen ernst und schimpft ein letztes Mal:

Da hat sich die ganze **Buddelei** doch gelohnt. So konnte Frau Motzki noch mal gebührend Abschied von ihrem Gatten nehmen.

Der Rest vom Wochenende ist dann eher langweilig. Ich telefoniere mit Selma und lese ein bisschen. Ich hätte mich ja auch voll gerne mal wieder mit Ben getroffen, aber der muss zu einer **FAMILIENFEIER**. Dafür haben wir aber zwei Stunden telefoniert. <3 <3 <3

Irgendwann ist dann wieder **Montag**. Ich freu mich schon tierisch drauf, Ben wiederzusehen. Stattdessen werde ich vor der Schule von den Zwillingen abgefangen.

»Na, Ruby, wie geht's?«, fängt das typische Zwillings-Verhör an. »Was hast du am **Wochenende** denn gemacht?« Schon wieder! Mist! Ich wollte mir doch eine gute Antwort für genau diese Frage überlegen. Hab ich im Eifer des Gefechts natürlich vergessen.

»**Ähm!**, ja, wir haben Karten gespielt und Kuchen gegessen. Hat voll Spaß gemacht!«, sag ich schnell,

während Milli & Lilli auf ihren Handys herumtippen und mir nur halb zuhören.
»Auf eurer Jacht? Wie cool!« Lilli schaut kurz von ihrem Handy auf.
»Ja, ja, auf unserer JACHT. Und wir haben die ganze Zeit Champagner geschlürft und Kaviar gefuttert!«, ergänze ich ironisch.
»Ihr habt bestimmt die größte und teuerste Jacht von allen!«, jauchzt Milli.
»Na klar«, sage ich und rolle mit den Augen, da stürmt eine Gruppe Mädels in Milli & Lilli-Shirts auf die beiden zu.
»Ruby, wir sehen uns später! Wir haben jetzt Autogrammstunde. Aber du kannst uns gerne mal auf eure Jacht einladen!«, ruft Lilli noch, da werde ich schon abgedrängt.

In **GEDANKEN** versunken betrete ich die Schule und laufe zu den Spinden rüber, da stolpere ich. »Welche Saftnase hat den blöden Rucksack denn hier hingestellt?«, denke ich, während ich um mein Gleichgewicht kämpfe. Ich greife nach dem Erstbesten, um mich festzuhalten. Dabei reiße ich aus Versehen jemandem sein Brötchen aus der Hand. Während ich falle, beobachte ich noch, wie in hohem Bogen eine Scheibe Käse, ein Salatblatt und zwei Brötchenhälften über mich hinwegfliegen.

Oh nein, jetzt bin ich völlig blamiert !!! Bestimmt hat das jemand gefilmt! Mühsam rappele ich mich auf und sehe mich um. Alle starren auf ihre Handys. Bis auf das Mädchen, dem ich das Brötchen aus der Hand gerissen habe. Es starrt auf sein Brötchen beziehungsweise auf das, was davon noch übrig ist. Schnell murmele ich eine **ENTSCHULDIGUNG** und biege in den nächsten Gang ab.

Plötzlich ertönt ein kratziges Geräusch aus der Lautsprecheranlage der Schule, dann quäkt die Stimme von *Lisa*, der Schulsekretärin: »Achtung, liebe Kinder, es folgt eine Ansprache unseres Direktors!« Kurz darauf erklingt die Stimme des **DIREKTORS**:

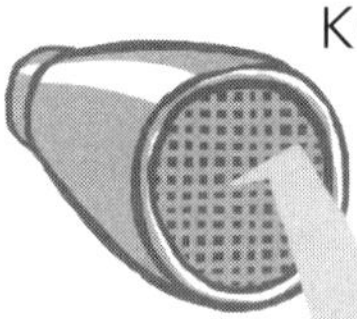

»Hallo, liebe Schülerinnen und Schüler. Hier spricht euer *Lieblingsdirektor*! Ich habe mal eine Frage an euch: Was ist am 31. Oktober? Na ja, da ihr eh von nichts Ahnung habt, will ich es euch verraten: In Amerika und mittlerweile auch in großen Teilen Europas findet da das sogenannte HALLOWEEN-Fest statt! Ja, genau, der Tag mit dem ganzen Hokuspokus und **TAMTAM**. Trotzdem … hust … zur Feier des Tages fällt der Unterricht komplett aus und am Abend wird es eine Party in der Turnhalle geben!«

Alle brechen in Jubelgeschrei aus!

EINE PARTYYYYY!!!

Kaum jemand hört noch hin, als der Direktor weiter ausführt:

»Kostüme sind für alle Pflicht! Wer dem Party-**ORGANISATIONSTEAM** beitreten möchte, meldet sich bitte im Sekretariat! Danke schön!«

Den ganzen Tag gibt es kein anderes Gesprächsthema. Alle überlegen fieberhaft, wie sie sich verkleiden wollen. »Vielleicht gehe ich als **FRANKENSTEIN**!«, sagt Matz gerade, als ich nach der letzten Stunde die Treppe nach draußen runterkomme.

»Ruuuuby, als was gehst du denn?«, rufen die Zwillinge und richten sofort ihre Kamera auf mich.

Ich quatsch also irgendwas davon, dass mein Kostüm natürlich eine Überraschung sein wird … Da vibriert plötzlich mein Handy. Ich werfe einen schnellen Blick drauf und mein Herz bleibt fast stehen. Das Phantom hat mir wieder geschrieben!!!

»Hallo Leichenfreundin, hier kommt meine neue Bestellung. Heute noch – alter Ort: 10 Tafeln Schokolade, 5 Tüten Gummibärchen, 3 Packungen Kaugummi uuuuund am allerwichtigsten: das Spiel *Zombie Open World Shooter!* Sonst verrate ich dein dunkles Geheimnis!
Liebe Grüße, dein Phantom!«

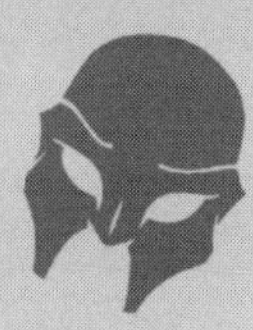

Darunter ist ein Foto von mir neben der **LEICHE**, die wir am Wochenende ausgebuddelt haben! Vor Schreck lasse ich fast mein Handy fallen.

PANIK!!!

Dieses Bild darf auf gar keinen Fall irgendjemand sehen.

Schnell schmeiße ich mein Handy wieder in meine Tasche. Mein Herz hämmert wie wild.
»Ruuuuby, was ist los? Was ist passiert?«, fragen Milli & Lilli gleichzeitig, die Kamera immer noch auf mich gerichtet.
»Äh nee, alles gut, äh … ich muss … äh … was einkaufen … Schokolade … sofort!«
»Oh ja, das kennen wir nur zu gut. Stimmt's, Milli?«, höre ich noch hinter mir, während ich davonstürze.

Oh mein Gott! Das **PHANTOM** hat beobachtet, wie wir Herrn Motzki ausgegraben haben. Und ein Foto gemacht. Schnell laufe ich zum Supermarkt.
Dabei rasen meine Gedanken. »Das Phantom hat ein Foto von mir und der **LEICHE** gemacht!!!«, schießt es mir wieder und wieder durch den Kopf.
Kurz darauf stehe ich zwischen den Regalen und schaue noch mal in die SMS.
10 Tafeln Schokolade? 5 Tüten Gummibärchen? 3 Packungen Kaugummi und dieses bescheuerte **SPIEL**? Was sollte das denn jetzt? Was ist das überhaupt

für ein **SPIEL**? Ich google den *Zombie Open World Shooter* kurz im Internet. Es ist ab 18! Den kann ich gar nicht kaufen!
Plötzlich werde ich richtig wütend! So geht das nicht weiter! Ich kann nicht ewig die Wünsche dieses Phantom-Erpressers erfüllen! Was will der denn als Nächstes?

Ein Rennrad? Einen Ferrari? Oder ein Haus mit Swimmingpool?

Der ist doch
völlig irre! Will ich mein ganzes Leben Angst haben, dass er mein Geheimnis verrät? Nur – wenn ich jetzt allen alles sagen würde, wären sie bestimmt total sauer auf mich, weil ich ihnen ja voll was vorgemacht habe. Und was wird dann mit **BEN**? Er wäre bestimmt voll enttäuscht, wenn er die Wahrheit erfährt!

Als ich zu Hause ankomme, überlege ich ernsthaft, mit meinen Eltern zu reden. Doch die würden bestimmt sofort die **POLIZEI** rufen! Wahrscheinlich müsste ich wieder die Schule wechseln. Oder in ein anderes Land ziehen und eine andere Identität annehmen!

Ich würde Ben verlieren … und Selma. Das darf nicht passieren! Ganz ruhig, Ruby! Du musst das rational angehen!

Okay … Okay …

Irgendwas muss ich gegen diesen blöden **ERPRESSER** tun! Aber WAS??? Ich glaub, ich mach noch mal eine Liste mit Verdächtigen und Verbündeten.

Verdächtige:

* Die Zwillinge – naheliegend, aber irgendwie passt das auch nicht.
* Frau Siebenbein – sehr alt, ich bezweifle, dass sie Zombie Open World Shooter spielt. Aber man weiß ja nie …
* Der Direktor – vielleicht tut er nur so nett und gerecht und hat Spaß daran, seine Spielchen mit mir zu spielen?
* Oder die Hyäne? Gemein, wie sie meistens ist!
* Justus oder Matz – welches Motiv könnten die haben? Eher unwahrscheinlich!
* Oder jemand von meiner ALTEN Schule???

Hmmm, jetzt bin
ich nicht wirklich schlauer.
Ich muss mehr wie ein **DETEKTIV** denken. Wie der berühmte Sherlock Holmes! Das ist es! **Ruby Holmes!**
Was würde der berühmte Detektiv an meiner Stelle tun?
Oh nein! Ein echter Sherlock hätte längst nach Fingerabdrücken gesucht! Aber wie soll man **Fingerabdrücke** in einer SMS finden? Da war das Phantom doch echt schlau.
Okay, ich brauche jemanden zum Reden. Ich brauche jemanden, der mir einen Ratschlag geben kann.
Einen wirklich klugen Vorschlag.
Bevor ich länger überlegen kann, klopfe ich schon an Horatios Zimmertür.

»Hmmm …«, höre ich von drinnen und mach die Tür einen Spalt auf.
»Darf ich reinkommen?«, frage ich.
Ich sehe gerade noch, wie Horatio seinen Laptop zuklappt.
»Du, Horatio, ich weiß grad nicht so richtig weiter!« Ich seufze und setze mich auf sein Bett.
»Was ist denn los?« Mein Bruder dreht sich mit seinem Schreibtischstuhl zu mir.
Und da sprudelt es aus mir raus: »Ich werde **ERPRESST** und ich weiß einfach nicht weiter. Da ist so ein Irrer, der stellt total bescheuerte Forderungen. Erst waren es nur Süßigkeiten und jetzt will der Erpresser auch noch so ein bescheuertes Spiel. Und ich kann das gar nicht kaufen, weil das ab **18** ist. Und ich hab voll Angst, dass mir jetzt was Schlimmes passiert!«
Horatio sieht mich mit großen Augen an. Mann, was tue ich hier eigentlich? Ich ziehe meinen kleinen Bruder da voll mit rein. Bin ich denn bescheuert?
»**SHIT**, sorry, vergiss alles wieder!«, sage ich. »War nur Spaß … haha lustig …«
Schnell schließe ich die Tür hinter mir.

OH MANN, ICH BIN VÖLLIG AUF MICH ALLEIN GESTELLT. KEINER KANN MIR HELFEN.

Mir steigen **Tränen** in die Augen. Da fällt mein Blick auf ein Foto an der Wand. Es zeigt Consti, Horatio und mich mit unserer Oma. Oma!!! Warum hab ich da nicht schon vorher dran gedacht? Meine Oma kann mir bestimmt helfen! Sie ist schon recht alt und bestimmt selbst schon *viele Male* erpresst worden. Auf meine Oma kann ich mich verlassen. Ich renne runter und aus der Terrassentür heraus. Über den Kiesweg. Der Garten meiner Oma ist nicht weit vom Haus entfernt. Dort hat sie ihr **Gemüse** kreisförmig angebaut. Das sieht ziemlich cool aus. Ein bisschen wie ein Alien-Landeplatz. Außenrum gibt es hohen Mais, dann Kürbisse und in der Mitte sämtliche Gemüsesorten, Salat und Kräuter. Da steht meine Oma, ihre langen weißen Haare zu einem dicken Zopf geflochten, mitten zwischen **BLUMENKOHL** und *Bohnen*.

»Hi, Oma!«, sage ich.

»Hallo, Ruby, magst du mir helfen?

Da drüben ist eine HARKE, damit kannst du das Unkraut rausmachen! Am besten komplett mit den Wurzeln!«

Das weiß ich doch. Ich hab Oma schon öfter geholfen, als ich kleiner war.

Ich nehme die Harke und beginne das Unkraut zu entfernen. Ich komme mir vor wie eine Forscherin im Dschungel, die sich durchs UNTERHOLZ kämpft.

»Du, Oma?«

»Ja, was denn, Liebes?«

Oje, wie sollte ich nur anfangen? Wenn ich sage: »Oma, ich werde erpresst!«, fällt meine Oma vielleicht vor Schreck tot um. Das kann ich nicht riskieren.

Wenn ich sage: »Also, Oma, wenn du JUNG wärst und große Probleme hättest …«, fühlt sich meine Oma vielleicht alt.

Da fällt mir etwas besonders Kluges ein. Ich tue einfach so, als wäre das alles nicht mein Problem! Und während ich die alten Blätter von den Tomaten knibbele, sage ich so ganz nebenbei: »Oma, wenn du eine

Freundin hättest, die früher mal geärgert wurde und sich dann überlegt hat zu verheimlichen, dass sie eine **schrecklich peinliche Familie** hat und am Fried… äh … im … äh … Schlachthaus wohnt. Und dann gibt es so **lauter doofe Missverständnisse** und sie lügt ein bisschen und dann will sie auch noch jemand verraten. Und ihre Probleme werden immer größer, auch weil sie so *verliebt* ist in einen Jungen, der das nicht erfahren darf, weil er sonst bestimmt nichts mehr von ihr wissen will … Oma, was würdest du ihr sagen?«

Meine Oma sieht mich **verwirrt** an. Ist das jetzt schon Altenheimer oder hab ich mich etwa doch unklar ausgedrückt?

Ruby, das heißt doch Alzheimer!

Aber dann lächelt meine Oma lieb und sagt: »Ruby, siehst du da drüben auf dem Grab die **Fledermaus**? Dazu gibt es eine kleine Geschichte. Es war nämlich einmal eine **Fledermaus**, die immer eine Maus sein wollte. Sie hat versucht, ihre Flügel vor den anderen zu verstecken. Dabei

waren doch ihre Flügel das Tollste an ihr! Und als sie endlich zu sich und ihren Flügeln stand, konnte sie sogar fliegen! Es ist immer am besten, wenn man zu sich selbst steht, Ruby! Also steh einfach zu dir und deiner Familie! Äh, ich meine natürlich deine Freundin!«
Meine Oma ist doch echt die Beste. Sie hat so recht! Ja, ich muss reinen Tisch machen. Ich werde es wagen.

Ich werde allen die Wahrheit sagen!!!

Vor allem werde ich Selma und Ben die Wahrheit sagen. Bei dem Gedanken wird mir leicht schlecht, aber gut, da muss ich jetzt durch. Noch während ich zurück zum Haus gehe, rufe ich SELMA an. Und nur eine Stunde später laufen wir durch den Park.
»Selma, ich muss dir was beichten, es tut mir total leid, ich habe dich die ganze Zeit belogen!«, platzt es aus mir raus!
Selma grinst. Was soll das? Warum grinst sie?
»Womit denn? Dass du auf dem FRIEDHOF

wohnst, dass deine Eltern gar nicht reich sind und dass du an deiner alten Schule gemobbt wurdest? Das weiß ich doch längst, Ruby! Meine Cousine war zufällig in deiner alten **PARALLELKLASSE**, die hat mir das alles erzählt. Als ich dann an deinem ersten Schultag bei uns deinen Namen gehört hab, dachte ich mir gleich, dass du diese Ruby sein musst.«

Was? Selma hat die ganze Zeit Bescheid gewusst? Ich muss schlucken.

»Und du bist nicht sauer, dass ich **gelogen** habe?«, frage ich vorsichtig.

»Na, zuerst hat mir das alles leidgetan, was du an deiner alten Schule erlebt hast. Ich wurde früher selbst mal geärgert.«

»Und meine Geschichte, dass wir **PROMIS** sind und so?«

Selma zieht die **Augenbrauen** hoch und schaut mich nachdenklich an.

»Ich hab mich schon etwas gewundert, dass du so eine **SHOW** machst. Aber irgendwie kann ich dich auch verstehen. Die Zwillinge haben dich ja von Anfang an verfolgt und dann hast du dir ein paar **NOTLÜGEN** ausgedacht. Vielleicht hast du dabei ein bisschen dick aufgetragen. **RUBY RICH**, das wäre doch auch mal ein Name für dich, oder?« Selma lacht.

»Ja, irgendwie bin ich da so reingerutscht«, versuche ich mich zu rechtfertigen.

Selma grinst mich an. »Ich finde, mit dir ist es immer lustig und du kannst gut zuhören. Weißt du, Ruby, mir ist dieser andere KRAM egal. Nur manchmal frag ich mich, wie du aus der Nummer wieder rauskommen willst.«

»Äh, keine Ahnung!«, sage ich spontan.

Wir schauen uns an und müssen total **LOSLACHEN**.

Dann werden wir wieder ernst. Ich muss an Ben denken.

»Auf jeden Fall will ich BEN die Wahrheit sagen! Aber ich weiß überhaupt nicht, wie«, sag ich leise.

»**BEN** bedeutet mir wirklich viel. Ich will nicht, dass er mich für jemanden hält, der ich gar nicht bin.«

Selma nickt verständnisvoll. Sie ist einfach eine saugute Zuhörerin.

»Mann, wie konnte das alles nur in so eine falsche Richtung laufen? Es gab so viele Missverständnisse. Die Zwillinge haben so viel falsch verstanden. Und ich hab nichts berichtigt. Weil ich ANGST hatte. Und als die Zwillinge hinter mir her sind, hab ich so getan, als würde ich woanders wohnen. Damit fing alles an …«

Es sprudelt aus mir heraus. Ich rede mir alles von der Seele. Das MOBBING und die Erpressung wegen meiner schrecklich peinlichen Familie und dass es mir total leidtut, dass ich das nicht alles schon früher richtiggestellt habe.

Selma hört einfach nur zu. Sie ist die beste **FREUNDIN**, die man sich wünschen kann.

Alles im Eimer

Als ich am nächsten Tag in die Schule komme, checke ich erst mal gar nichts. Alle gucken mich total KOMISCH an. Was ist denn jetzt schon wieder los?

Ach, du Scheiße. Woher wissen die …?
Schnell kämpfe ich mich zu den Toiletten und schließe mich ein.
Die ganze **SCHULE** weiß Bescheid!

Ich bin aufgeflogen!!!

Plötzlich bekomme ich eine **Ahnung**. Ich hole mein Handy raus und mit ein paar Klicks bin ich auf dem Kanal der Zwillinge.

DA IST ES!

#unheimlichpeinlich
Das feiere ich total!
LukeSkyscraper

#unheimlichpeinlich
Kommt auf meinen Kanal!!!
Chabobaborapper0815

#unheimlichpeinlich
Meine Eltern sind auch voll peinlich! …
Schnecki08

Oh, meine Fresse. Die Zwillinge haben Selma und mich heimlich gefilmt. An der gleichen Stelle, wo **WIR SIE** heimlich gefilmt haben. Aber im Gegensatz zu uns hatten sie keine **SKRUPEL**, das Video zu posten.
Ich bin verloren. Ruiniert. Sie werden mich ALLE hassen.
Ben wird bestimmt nie wieder ein Wort mit mir wechseln.
Oh Gott, wie mein *Herz* wummert.
Und jetzt muss ich auch noch in den Unterricht.
VERDAMMT, VERDAMMT.
Ich schlucke alles runter und öffne die Tür.
Schnell schlüpfe ich auf den Gang und
laufe in Richtung meines Klassenzimmers.
Und plötzlich steht er vor mir. **BEN**.
Wie er mich ansieht.
Er sagt nichts.
Er dreht sich einfach um und geht.
Ich renne hinterher.
»**BEN**!«, rufe ich. »**BEN**! Warte doch!«
Er bleibt stehen. Schaut mich wieder an.

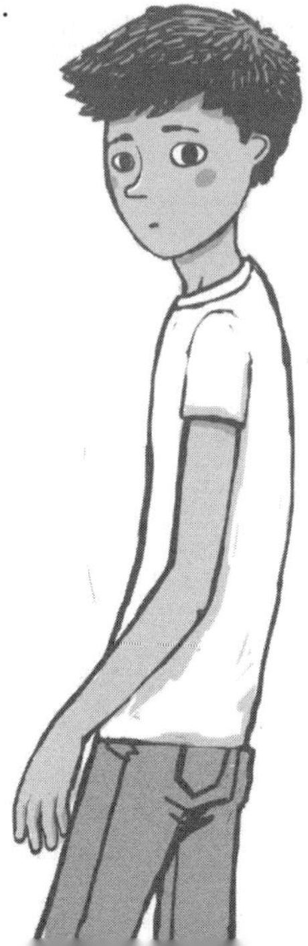

Ich **schlucke**.

»Es tut mir alles so leid. Ich wollte das nicht«, stammle ich.

Ich merke, wie mir die *Tränen* hochsteigen. Verdammt, ich muss jetzt das Richtige sagen.

»Ruby, weißt du, mir ist das gerade zu viel. Ich muss das erst mal alles verarbeiten«, sagt Ben.

Und geht. **ER GEHT EINFACH**.

Und ich stehe nur da und starre ihm hinterher.

Scheiße. Das hab ich voll

verbockt.

Wie taub laufe ich in unsere KLASSE und lasse mich neben Selma auf den Stuhl fallen.
»Ben will nichts mehr mit mir zu tun haben!«, flüstere ich tonlos.

Na, wo sind denn nun deine Millionen?

»Ruby…«, sagt Selma.
Weder das, was sie sagt, noch die hämischen Kommentare der Zwillinge dringen zu mir durch.

Hallo, Ruby Rich!

Plötzlich steht die Hyäne neben mir und fragt: »Rubinia, geht es dir nicht gut?«
Und dann darf ich nach Hause gehen.

Kaum bin ich aus der Schule raus, kann ich die Tränen nicht mehr zurückhalten. Alles ist kaputt. Ich hab alles **KAPUTT** gemacht.
In meiner Jacke suche ich nach einem Taschentuch. Ich bekomme eins zu fassen und schnäuze ordentlich rein. Als ich fertig bin, sehe ich: Ich hab in die Serviette gerotzt, auf die **BEN** seine Telefonnummer geschrieben hat!!!!!
Oh, ich doofe, doofe Nuss.

Jetzt liege ich auf meinem Bett und starre an die Decke. **BEN** will nichts mehr von mir wissen. Ich hab es geschafft, ich hab den Jungen vergrault, der mir wirklich etwas bedeutet. Hätte ich doch **BEN** schon früher die

Wahrheit gesagt! Hätte ich doch nur … aber ich hab's nicht. Ich war so Feige … Und jetzt habe ich alles verloren.

Irgendwann ruft Selma an. Ich gehe nicht ran.
Irgendwann gehe ich doch ran.
»Ruby, du musst mit BEN reden. Du musst ihn anrufen!«, sagt Selma.
Meine Hände zittern, während ich seine NUMMER wähle. Aber Ben geht nicht ran.
Scheiße.

Wird er jemals wieder ans Telefon gehen, wenn ich anrufe?

Noch mal wähle ich Bens Nummer. Wieder geht er nicht ran. Schnell tippe ich eine Nachricht, bevor ich es mir anders überlegen kann.

»Können wir reden? BITTE!!!«, schreib ich. Und drücke auf *Senden*.
Aber es kommt keine Antwort.
Am liebsten würde ich direkt zu **BEN** gehen, um die Sache mit ihm zu klären. Doch was soll ich sagen, wenn seine Mutter die Tür aufmacht? Das wäre doch total peinlich. Und ich weiß ja noch nicht mal, wo Ben wohnt …
Irgendwann schlafe ich ein.

Ich muss wieder in die Schule. Ich weiß nicht, wie ich das schaffen soll. Alles rauscht an mir vorbei. Ich funktioniere wie ein Roboter. Alles ist taub in mir.

Ich würde so gerne mit **BEN** reden. Aber Ben ist nicht in der Schule!
Oh Mann, ist es so schlimm, dass er mich nicht mehr sehen möchte, dass er sogar noch nicht mal mehr zur Schule kommt?
Ich bin so traurig.
Ich versuche noch mal, ihn anzurufen. Und ärgere mich danach, dass ich es getan habe.

Als ich mich in der Pause mal wieder im Mädchenklo verstecke, um den ganzen doofen Kommentaren aus dem Weg zu gehen, höre ich plötzlich, wie sich jemand in den Kabinen links und rechts von mir unterhält.

#unheimlichpeinlich

»Aber beeil dich, wir müsse noch ein Video drehen, bevor die Pause vorbei ist«, hör ich von der einen Seite.
»Ja, nerv nicht, Schwesterherz!«, tönt es von der anderen Seite zurück.
Das sind doch die Stimmen von Milli & Lilli oder Lilli und Milli, wie auch immer. Das ist DIE Gelegenheit. Ich werde jetzt und hier die Zwillinge zur Rede stellen!

»Lilli?«, frage ich.

»Ja?«, tönt es von links.

»Milli?«

»Ja?«, höre ich von rechts.

nicht alles was stinkt ist Chemie.

Du stinkst selba!

»Hey, ich find das echt nicht gut, dass ihr das Video gepostet habt!«

»Welches **VIDEO**?«

Mann, müssen die sich alle immer **DOOF** stellen?

»Na, das von Selma und mir im Park!«

»Ach das.«

Ach das? Ist das **ALLES**?

wer das liest ist doof!

TROTTEL

Jungs sind hier verboten!

»Ja, das ist echt nicht in Ordnung, dass ihr uns einfach gefilmt habt …«

In der Kabine links von mir wird gespült.

»… und dass ihr das dann auch noch gepostet habt!«

»Wieso?«

»Was heißt, wieso? Es gibt Dinge, die sind **PRIVAT**! Es gibt Grenzen, die muss man respektieren! Ihr könnt Menschen nicht benutzen und sie vorführen! Ihr wollt immer nur viele Klicks auf eure **VIDEOS**, aber ihr kapiert nicht, dass ihr dabei die Gefühle von anderen verletzt!«, sprudelt es aus mir heraus.

»Nee, sorry, Ruby, wenn du alle belügst, ist das echt **DEIN PROBLEM**, wenn wir das rausfinden!«

Oh Mann, verstehen die denn gar nicht, worum es hier geht?
Ich spüre, wie die **WUT** in mir hochsteigt. Und dann fällt mir plötzlich was ein! Ich hole mein *Handy* aus der Tasche und suche nach dem Video, das Selma und ich von den Zwillingen im Park gedreht haben. Von ihrem Streit. Da ist es! Ich mache den **LAUTSPRECHER** an und drücke auf PLAY. Die Stimmen der Zwillinge hallen durch das Mädchenklo:

»Immer willst du vor der KAMERA stehen! Und dein Name wird auch immer zuerst genannt! … Außerdem bin ich die Erstgeborene! … Wahrscheinlich mögen dich die Fans nur, weil sie denken, du bist ich! … So ein **QUATSCH**, unsere Fans können uns sowieso nicht unterscheiden! Das sind echte **Idioten!** Die merken doch auch nicht, dass wir uns bei den Geschichten die Hälfte ausdenken … «

»Hey, mach das **SOFORT** aus!«, brüllen die Zwillinge und hämmern gegen die Klotür. »Woher hast du das? Bitte, Ruby, das musst du **LÖSCHEN**!!! **BITTE!!** Wenn du das veröffentlichst, sind wir ruiniert!«

»Nur wenn ihr versprecht, nie wieder so gemeine Videos zu machen!«

Kurz ist es **STILL**.

»Milli?«
»Versprochen!«
»Lilli?«
»Ja, versprochen!«
Und dann tue ich es wirklich. Ich drücke auf LÖSCHEN.

Ich hoffe echt, dass die Zwillinge jetzt nicht mehr ganz so fies sind. Allerdings nützt mir das gerade wenig. Das merke ich, sobald ich das KLO verlasse, denn alle anderen sind immer noch voll sauer auf mich. Und Ben geht immer noch nicht an sein Handy!

Als ich in die Klasse komme, stehen alle am Fenster. Was ist denn da los? Vom Pausenhof her brüllt eine Stimme:

»So wie GOTT den sündigen Menschen die SINTFLUT schickte, so werde ich nun mit der reinigenden Kraft der Wasserhähne, ich meine, des WASSERS, die Ratte bekämpfen!«

Ist das der HAUSMEISTER? Wurde der nicht gefeuert? Tatsächlich. Der Typ läuft wie wild über den Pausenhof zur Turnhalle. Alle lachen. Unter anderen Umständen hätte ich das vielleicht auch lustig gefunden … aber im Moment ist mir nicht nach Lachen zumute.

Kurz darauf gibt es eine Durchsage.
Es ist mal wieder der **DIREKTOR**.

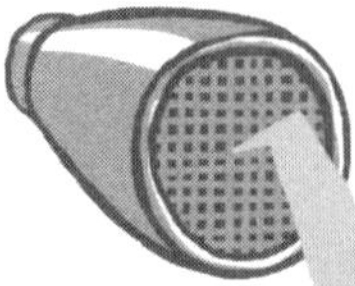

»Liebe Schülerinnen und Schüler, leider muss ich euch mitteilen, dass aufgrund von Problemen in der Turnhalle unsere **HALLOWEEN-PARTY** ausfallen muss. Ich bitte um euer Verständnis!«

Was? Die Party fällt aus?
Alle sind geschockt.
Einige murmeln was von einem *Wasserschaden* in der Turnhalle. Andere sagen, Ratten hätten Kabel durchgebissen. Ich schwöre euch, ANTHRAX hat damit nichts zu tun!
»**WAS?** Die Party fällt aus? Dabei haben wir schon unsere Kostüme!«, rufen die Zwillinge. »Wir haben doch schon alles geplant! Wir haben schon die Band gebucht!«
In dieser Stimmung müssen wir dann auch noch unser Referat bei der HYÄNE halten. Es läuft eigentlich ganz gut, finde ich. Trotzdem bekommen wir nur eine **3-**. Superfies.

Beim Mittagessen verkrieche ich mich in die hinterste Ecke der Kantine, um allen aus dem Weg zu gehen. Selma findet mich trotzdem.

»Hey, Ruby, weißt du eigentlich, dass meine Eltern auch voll peinlich sind?«, sagt sie plötzlich viel zu laut. Die anderen an den umliegenden Tischen drehen sich zu uns um. »Meine Mutter kauft sich immer die gleichen Klamotten wie ich und dreht im Auto die Musik voll laut auf und singt mit. Ich schäme mich dann so krass, aber es ist ihr voll egal!«

Am Nebentisch lacht jemand.

»Ja, mein Vater ist auch OBERSCHLIMM!«, sagt plötzlich ein Mädchen, das ich gar nicht kenne. »Der redet immer so laut und lacht so, dass alle sich umdrehen …«

»Ja, und meine Mutter …«

KLOKOWSKI, DU HAST DOCH NICHT MEHR ALLE RATTEN IN DER TASSE!!!

Plötzlich fangen alle um uns herum an zu erzählen, wie peinlich ihre ELTERN sind. Wir müssen ganz schön lachen. Sogar die Zwillinge haben peinliche ELTERN.

Irgendwann sagt Selma: »Du, Ruby, wenn du am Friedhof wohnst, könnten wir nicht die HALLOWEEN-PARTY bei dir machen? Das wär doch voll cool …«

Oh Gott, das wär voll peinlich … denke ich noch, da sind schon alle begeistert und schwirren um mich herum. Jeder bietet seine Hilfe an.
Irgendwie komm ich grad nicht mehr mit.

Und dann ist wieder **Montag**. Im Grunde der nervigste Tag der Woche, weil man noch so viel Schule vor sich hat. Aber das ist diese Woche egal, denn wir haben uns vorgenommen, die HALLOWEEN-PARTY zu retten! Wir haben noch genau drei Tage. Selma und ich sind kurzfristig noch dem Party-Organisationskomitee beigetreten. Die PARTY wird nämlich wirklich bei **UNS** stattfinden. Also, natürlich wollen wir nicht zwischen den Gräbern feiern. Man muss so was wie die Totenruhe ja auch respektieren, haben meine Eltern gesagt, die übrigens voll begeistert sind. Sie freuen sich riesig, das Café, unser Haus und unseren Garten zur Verfügung zu stellen. Wir müssen eigentlich nicht mal groß dekorieren, es ist alles schon ziemlich passend.
Trotzdem herrscht bei uns zu Hause jetzt große Hektik. Die Partyvorbereitungen sind in vollem Gange. Meine Eltern, die Zwillinge und Selma geben alles. Ja, ihr habt richtig gehört: Die Zwillinge

schwirren durch unser Haus und filmen den peinlichen Kram meiner Mutter. Und obwohl alles schon super aussieht, wird trotzdem noch fleißig dekoriert. Zwischen den echten Spinnenweben, die hier und da noch hängen, gibt es jetzt Kürbisse, Skelette und ganz viel anderen Gruselkram.

Ich bin gerade dabei, mit Selma an unseren Kostümen zu basteln, da taucht plötzlich Horatio auf. Er trägt einen Umhang und eine Gesichtsmaske.
»Hey, du siehst ja cool aus. Als was gehst du denn?«, fragt Selma.
»Als das **PHANTOM**!«, antwortet mein kleiner Bruder und schaut mich schräg von unten an.
»Klasse!« sagt Selma.
»Ja, ganz toll«, sage ich. Aber in Gedanken bin ich bei Ben. Ich frage mich, was er gerade tut, wo er ist. Ich vermisse ihn so ... Komisch, dass er schon seit Tagen nicht in der Schule war. Die Jungs aus seiner Klasse

haben erzählt, er ist krankgemeldet. Ich hoffe wirklich, es geht ihm gut.
Da fällt mein Blick wieder auf Horatio in seinem Kostüm. Warte mal, was hat er da gerade gesagt? Das **PHANTOM**? So hat doch auch der **ERPRESSER** die Nachrichten unterschrieben … Und Horatio liebt Süßigkeiten! Und der *Zombie Open World Shooter* … Solche Spiele zockt er doch ständig!!!
Wie konnte ich nur so blind sein, die ganze Zeit saß dieser miese Erpresser direkt im Zimmer nebenan!
Ich stürze mich auf meinen kleinen **Bruder** und schreie ihn an.
»Warum hast du das gemacht?«, platzt es aus mir raus, die Tränen schießen mir in die Augen. »**DU** hast mich erpresst?!«
»Das war doch nur Spaß! Wie in dem Phantom-Comic«, stammelt Horatio.

»Spaß? Sowas ist überhaupt GAR KEIN SPAß!!!«

Ich kann es nicht glauben. **MEIN KLEINER BRUDER** hat mich **ERPRESST**!!!!! Ich will nichts mehr mit ihm zu tun haben. Und das sag ich ihm dann auch.
Selma tröstet mich. Und erzählt von ihrer Schwester, die versucht hat, sie als Kind gegen ein Meerschweinchen einzutauschen. Ich muss lachen, obwohl ich stinksauer bin. Mann, Geschwister können so blöd sein.
Horatio ist für mich gestorben. Ich rede kein Wort mehr mit ihm, was gar nicht so einfach ist.

Irgendwann ist dann Feierabend für heute. Die anderen sind gerade nach Hause gegangen, da klingelt es unten an der Haustür.
Hat Selma was vergessen?
»Ruby, kannst du mal aufmachen?«, ruft meine Mutter.
Ich renne also die Treppe runter und reiße die Haustür auf.
Und da steht plötzlich **BEN** vor mir.
»Hey!«, sagt er.

»Selber hey!«, sage ich leise.
Ben lächelt verlegen.
Und dann sehe ich, dass er einen Gips trägt.
»Was ist passiert?«, frage ich.
»Ich hatte einen Fahrradunfall und war zwei Tage im Krankenhaus«, erklärt Ben. »Immerhin hatte ich da genug Zeit, um über alles nachzudenken …«
Ben setzt gerade an, um weiterzureden, da geht plötzlich die KLOTÜR auf und eine Wolke Thronjuwel-Lufterfrischer schlägt uns entgegen. Ich muss leicht würgen. Dann taucht mein Vater auf und schaut Ben an, der immer noch in der Tür steht.
»Komm doch rein, Junge!«, ruft mein Vater ungeniert.
Ben macht die Tür hinter sich zu und zuckt kurz zusammen, als sein Blick auf den Totenschädel fällt, der zur Deko auf unserer Kommode steht.
»Spannend, nicht? Das ist der echte Schädel eines WILDSCHWEINS!«, sagt mein Vater stolz, nimmt den Schädel und hält ihn Ben vor die Nase.

Oh Gott, wie peinlich!!

Ben lächelt mich unsicher an.
»Hier sieht man noch seine Stoßzähne! Die nennt man Hauer!« Mein Vater fuchtelt wild mit dem Schädel in der Luft herum.
Was will er denn jetzt damit? Und warum geht er nicht

einfach wieder und lässt Ben und mich in Ruhe reden? Ich versuche, meinem Vater ein Zeichen – ach was, bestimmt **HUNDERT** Zeichen – zu geben, dass er ver-

schwinden soll, aber irgendwie checkt der mal wieder gar nichts. Dann kommt meine Mutter aus der Küche, sie will mir offensichtlich helfen. Aber mein Vater ignoriert auch jeden Versuch von ihr, ihn wegzulocken. Irgendwann spricht meine Mutter es aus:

»Schatz, meinst du nicht, dass Ruby mit ihrem Gast **ALLEINE** reden möchte?«

»Ach, die können ja später noch quatschen, ich wollte dem Ben gerade meine neue **SARGKOLLEKTION** zeigen. Wolltest du doch sehen, Ben, oder?«

WAS? Das ist jetzt echt nicht sein Ernst! Innerlich schlage ich die Hände vors Gesicht und versinke vor Scham im Boden.
Und was tut Ben?
Ben nickt etwas hilflos und sagt: »Äh, ja sicher!«

Kurz darauf stehen wir zwischen den verschiedensten Särgen, und ich beobachte, wie mein Vater Ben vollquatscht.
»Schau nur, diese Maserung hier – das ist ein Zeichen höchster Qualität! … Und dieser Braunton Nummer 281 – einzigartig!«
Die beiden scheinen sich ganz gut zu verstehen.
»Also, Ben, wenn du mal einen **SARG** brauchst, weißt du, an wen du dich wenden kannst!«, sagt mein Vater.

»Äh, Papa, Bens Opa ist vor wenigen Wochen gestorben!«, merke ich an.
»Oh, mein Beileid, Ben! Was für einen Sarg habt ihr denn genommen?«

Was für eine blöde Frage.

Ben fühlt sich jetzt ganz offensichtlich unwohl.
Plötzlich bekomme ich **ANGST**. Mit seinem Monolog über Särge hat mein Vater mit Sicherheit jegliche meiner **CHANCEN** bei Ben beerdigt.

Endlich verabschiedet sich mein Vater. Einen Moment stehen Ben und ich **schweigend** zwischen den Särgen.
»Oh Mist!«, sagt Ben plötzlich. »Jetzt ist es doch schon voll spät geworden. Kannst du mich nicht zum Bus begleiten?«
»Ja, klar!«, sage ich und ärgere mich über meinen Vater. »Äh, sorry! Särge sind das *Lieblingsthema* meines Vaters«, versuche ich zu erklären.
»Ähm, ja, hab ich gemerkt!«, sagt Ben und grinst.
Als wir wieder oben sind, verabschiedet sich Ben von meinen Eltern, und kurz darauf laufen wir nebeneinander

unsere Straße runter. Ben sieht mich an. Dann wird er wieder ernst.

»Weißt du, Ruby, mir war das alles zu viel. Erst haben sich meine Eltern scheiden lassen, dann ist mein OPA gestorben. Dann hab ich dich kennengelernt. Und fand's immer so cool mit dir. Doch jetzt sind all diese komischen Sachen passiert.

Ruby, ich hasse Lügen!

Mein Vater hat meine Mutter jahrelang hintergangen und dreist angelogen …«

»Ja, das tut mir auch alles so leid«, stammele ich.

»Ich weiß!«, sagt Ben.

Einen Moment lang sehen wir uns nur an. Mir wird ganz komisch. Irgendwas Kribbelt schon wieder in meinem Körper. Und dann nimmt Ben einfach meine Hand.

PAAAAAARTYYYY!!!

Ich bin so glücklich. Ben und ich haben uns wieder vertragen!
Ich muss mich jetzt leider gerade ein bisschen beeilen und mal in mein KOSTÜM schmeißen, heute findet nämlich die große Halloween-Party statt. Sieht alles voll schön aus bei uns! Auf dem Weg zu unserem Haus stehen links und rechts bestimmt 20 ausgehöhlte Kürbisse. In ihnen brennen kleine Lichter, sodass der Weg in ein feierliches Flackern getaucht ist, als die ersten Gäste eintreffen. Die Kürbisse haben wir aus dem Garten meiner Oma. Ich hoffe nur, dass es jetzt nicht wochenlang Kürbissuppe gibt.

Oma und Consti wollten eigentlich im ganzen Haus Kerzen aufstellen, aber Papa und ich haben dann doch lieber elektrische Lichterketten aufgehängt, nicht dass nachher noch das Haus abfackelt. Damit sich die Gäste schön gruseln, gibt es eine Menge dunkle Ecken mit Totenschädeln, Skeletten, **Fledermäusen** und VOGELSPINNEN. Alles sieht total echt aus. Ich hoffe, dass Consti seine Tiere diesmal gut weggeschlossen hat. Die Plastikspinnen reichen mir voll.

Meine Eltern haben gemeinsam mit den Zwillingen und Selma ein riesiges Buffet aufgebaut. Es gibt Essen in den **gruseligsten** Formen: Mohrrüben, an denen so

rumgeschnitzt worden ist, dass sie aussehen wie abgebissene **FINGER**. Halbe Eier, auf denen SPINNEN aus Oliven sitzen, eine Menge Blutorangensaft hängt in Beuteln von der Decke herab wie Blutkonserven. Meine Mutter trägt gerade eine riesige Schüssel mit Gruselbowle herein. Sie hat einen Plastikhandschuh mit Blutorangensaft gefüllt und in die Tiefkühltruhe gesteckt, sodass jetzt eine riesige rote Hand aus Eis darin herumschwimmt. Das sieht klasse aus!
Ich springe früh genug aus dem Weg, um mein Vampir-Kostüm vor einer Bowle-Spinne zu retten. Und ich hab Glück! Meine Mutter stellt die Schüssel mit einem strahlenden Lächeln unbeschadet auf den Tisch.

Die Band spielt echt coole **Musik**. Es ist die Band von Consti! Es dauert nicht lange, da strömen die Schülerinnen und Schüler in Scharen zu unserem Haus. Sie tragen die schrägsten Verkleidungen:

als Geisterjäger, HEXEN, **MONSTER**, Zombies, tote Frauen, Frankenstein, Horrorclowns …

Sogar **Dr. Jammer** ist da. Er hat seine neue Freundin mitgebracht. Es ist die Hyäne. Und: Sie trägt ein **Hyänenkostüm**. Selma und ich lachen uns schlapp. Und der Hausmeister ist auch der Brüller in seinem **Rattenkostüm**.

»Sagt mal, wo sind denn die Zwillinge?«, quatschen mich plötzlich zwei Mädchen in Milli-und-Lilli-Kostümen an.

»Hey, das ist doch eine Halloween-Party und kein Fasching«, denke ich noch, da kichert Selma los.

»Ich finde, die beiden haben das gruseligste Kostüm von allen!«

Wir müssen voll lachen.

Dann entdecke ich Ben. Er trägt ein **Alienkostüm** und gerade unterschreiben alle auf seinem Gips. Als er mich sieht, lächelt er. Ich unterschreibe auch.

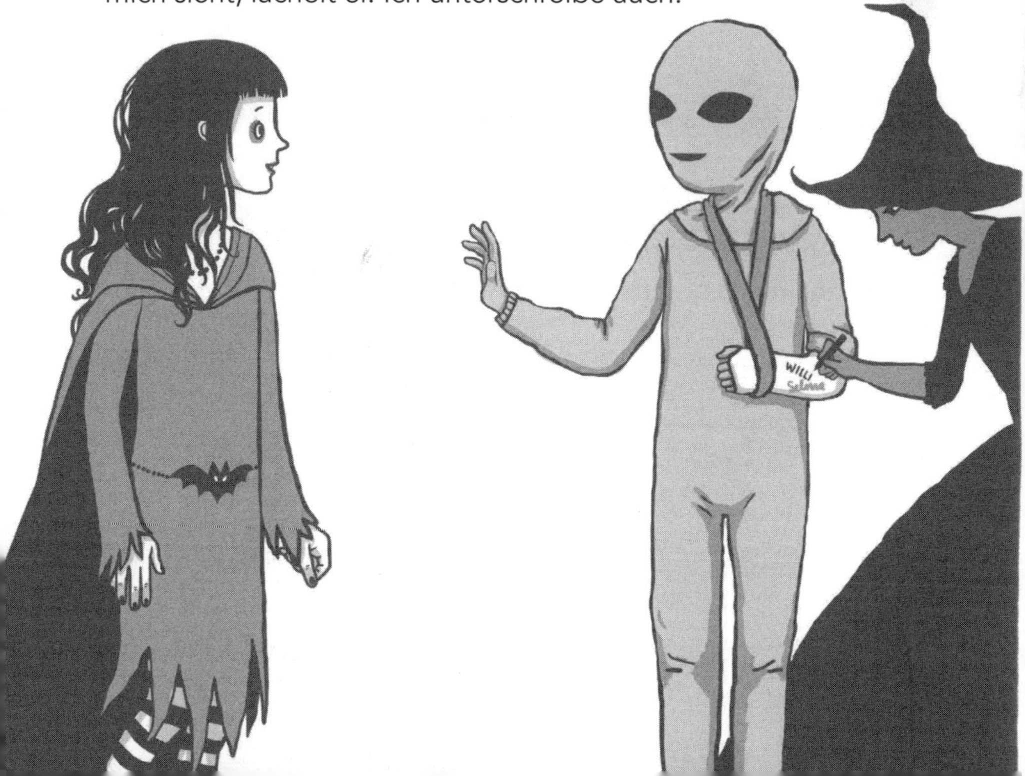

Da beginnt ein langsamer Song. Und BEN nimmt einfach meine Hand und zieht mich auf die Tanzfläche.
Ich vergesse alles um uns herum und tanze mit BEN. Dem Jungen, der mich schon bei unserer ersten Begegnung umgehauen hat. Ihr erinnert euch doch bestimmt noch! Wenn nicht, gibt es den dazu passenden Film bei YouTube.

Wir tanzen gerade, als die Musik abbricht. Alle drehen sich zur Bühne um. Da steht SELMA am Mikrofon, sie sieht ganz schön nervös aus. Mit zitternder Stimme sagt sie:

»Justus, dieses Lied ist für dich!«

Und beginnt zu singen. Und Justus wird KNALLROT. Das ist so SÜß!!! Endlich weiß ich, in wen Selma seit dem Kindergarten verliebt ist, denke ich gerade.

Da brüllt plötzlich jemand:

»DU RATTE!!!«

»Oh, ist da noch jemand in Selma verliebt?«, schießt es mir durch den Kopf.

Doch als wir schauen, wo der **SCHREI** herkommt, sehen wir den Hausmeister, der sich auf das Buffet stürzt – nicht um ein ZOMBIEBRÖTCHEN zu erlegen, sondern um endlich die Ratte meines Bruders zu fangen: Anthrax sitzt nämlich auf dem Buffet und knabbert gerade an einem TOTENKOPFTÖRTCHEN. Zum Glück hat die Ratte ähnlich gute Reaktionen wie ich und flitzt nach draußen, als sie Herrn **KLOKOWSKI** auf sich zustürzen sieht. Durch das Fenster verfolgen wir, wie unser Hausmeister aufgeregt zwischen den Gräbern hindurchläuft und ruft: »Dich werde ich schon noch kriegen, du MISTVIEH!«
Wir lachen uns schlapp. Es gibt wirklich manche Leute, die sind *unheimlich peinlich*.

ANHANG

DER PSYCHOTEST

WIE PEINLICH BIST DU?

teste dein Peinlichkeitslevel!

von Frau Hügel-Jäne und Herrn Dr. Jammer

Trittst du ständig ins Fettnäpfchen oder bist du die Lässigkeit in Person? Unser Test verrät dir, wie peinlich du bist und vor allem: wie gut du mit peinlichen Situationen umgehen kannst! Zähle die Punkte hinter den Antworten zusammen – und schau auf der nächsten Seite nach, wie dein Ergebnis ist. Viel Spaß!

1. Du sitzt im Bus und deine Freundin ruft an. Sie will unbedingt wissen, wie das **DATE** mit deinem Schwarm war.
   a) Ich erzähle ihr, wie es war. Soll doch jeder mithören, ich hab nichts zu verbergen. (3)
   b) Ich flüstere leise und mit hochrotem **KOPF** die Details: Ich kann sie doch nicht warten lassen! (2)
   c) Ich verschiebe das Gespräch auf später. Über mein Privatleben rede ich nicht in der Öffentlichkeit. (1)

2. In einem übervollen FAHRSTUHL entfährt dir plötzlich ein Pups. Was machst du?
   a) Du bekommst einen knallroten Kopf und stammelst »Entschuldigung!« (1)

PUUUUPS!

b) Du verziehst das Gesicht und schaust mit der Hand vor deiner Nase wedelnd in die Runde. (2)

c) Du schwärmst von dem Bohneneintopf gestern und verteilst großzügig das Rezept – ob die anderen wollen oder nicht. (3)

3. Auf einer Party kommst du aus dem Bad und alle lachen: Du hast KLOPAPIER aus der Hose hängen. Was tust du?

a) Ich entferne es schnell unauffällig und tue so, als wäre nichts gewesen. (2)

b) Ich verlasse die PARTY sofort. Es soll keiner sehen, wie ich weine. (1)

c) Kein Grund zur Scham. Ich wickle mir das Papier einfach ums Handgelenk und tanze damit herum. (3)

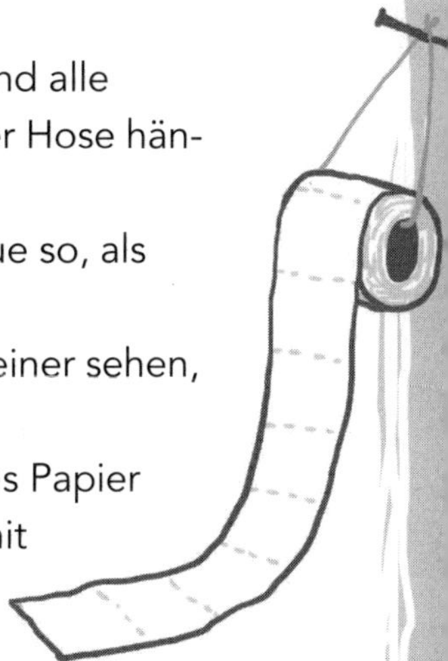

4. Du bist mit deinen Freundinnen EIS essen. Als ihr bezahlen wollt, merkst du, dass du dein Geld vergessen hast. Was tust du?

a) Ich rufe: »Ach, du Scheiße! Das ist mir ja jetzt oberpeinlich!« Und leihe mir verlegen Geld bei meinen Freundinnen. (1)

b) Ich biete an abzuwaschen. Vielleicht ergibt sich aus dem kleinen Missgeschick ein netter Sommerjob? (2)

c) Ich verhandle mit dem süßen Typen an der Kasse und bezahle schließlich mit Kaugummis, Bonbons und meiner TELEFONNUMMER. (3)

5. Du stehst halb nackt in der UMKLEIDEKABINE, da geht plötzlich der Vorhang auf und ein Junge steht vor dir. Was tust du?

a) Ich rufe fröhlich: Hach, wird ja auch mal Zeit, dass wir uns kennenlernen! (3)

b) PANISCH ziehe ich mir was über und stürze aus der Umkleidekabine raus. Hoffentlich sehen wir uns nie wieder. (1)

c) Ich nehme meine Kleider und sage: »Kannst du das mal bitte für mich halten?« (2)

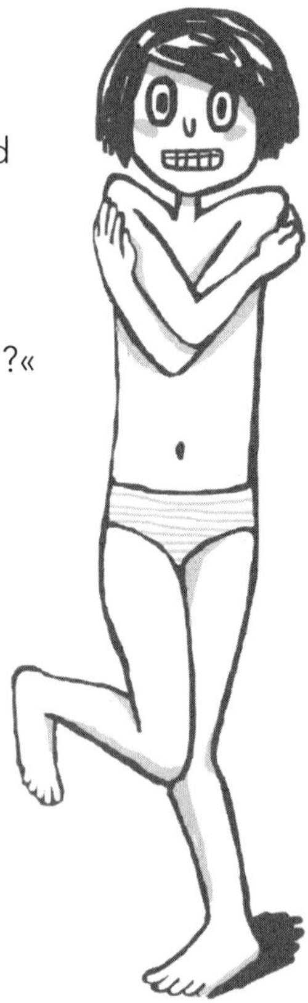

6. Jemand malt eine **KARIKATUR** eures Lehrers an die Tafel und drückt, als der die Klasse betritt, dir die Kreide in die Hand. Was tust du?

a) Ich bleibe wie angewurzelt stehen und warte demütig auf die Strafpredigt des Lehrers. (1)

b) Ich signiere die Zeichnung mit einer großen Geste und setze mich schnell auf meinen Platz. (3)

c) Ich renne meinem Mitschüler hinterher, geb ihm die KREIDE zurück und rufe: »Mit der Nummer kommst du nicht durch!« (2)

7. Du bist bei der **BEERDIGUNG** deiner Tante dritten Grades und bemerkst, dass derjenige, der die Grabrede hält, einen offenen Hosenstall hat. Was tust du?

a) Ich kann mich nicht zurückhalten und lache los. (3)
b) Wie peinlich! Ich schaue irritiert in eine andere Richtung. (1)
c) Ich versuche, mein Lachen zu unterdrücken und dem Redner unauffällig ein Zeichen zu geben. (2)

8. Du bist neu in der **SCHULE** und suchst vergeblich den Kunstraum. Dabei platzt du in eine Klassenarbeit hinein. Was tust du?

a) Du stammelst nervös: »Entschuldigung!« (1)
b) Du fragst nach dem Weg zum Kunstraum. (2)
c) Du sagst: »Hey, ich wollte euch allen noch schnell viel GLÜCK wünschen!« (3)

9. Du hast deine **HAUSAUFGABEN** vergessen, was du erst merkst, als euer Lehrer euch auffordert sie rauszunehmen. Wie reagierst du?

a) Du erfindest eine wilde Geschichte von einer Entführung durch Aliens. (3)
b) Du bist so nervös, dass du aufspringst und sagst, dass du ganz dringend auf die Toilette musst. So hoffst du, der Bloßstellung zu entgehen. (1)
c) Du sagst ehrlich, dass du die Hausaufgaben schlicht und einfach vergessen hast. (2)

ERGEBNIS:

21–27 Punkte: Wow! **TURBO**! Du bist oft ganz schön überdreht und hast meistens gute Sprüche auf Lager. Manchmal bist du allerdings auch schrill & laut und übertreibst es ein wenig – das kann anderen unangenehm sein.

12–20 Punkte: Du bist selbstbewusst, weißt, wie man nicht aneckt, und findest meist eine gute Lösung für alle Herausforderungen. So schnell lässt du dich nicht aus dem **KONZEPT** bringen. Obwohl dir manche Sachen natürlich auch peinlich sind, kann man dir selten vorwerfen, dass du dich peinlich verhältst. Manchmal könntest du noch ein klein wenig schlagfertiger sein, aber das lässt sich ja trainieren!

8–11 Punkte: Du bist eher der ruhige, zurückhaltende Typ. Dir sind viele Sachen peinlich und das Verhalten anderer findest du schnell unangemessen. Versuch, dich doch hier und da mal ein wenig lockerer zu machen und die Dinge mit einem Augenzwinkern zu sehen. Eine schlagfertige Antwort kann jede noch so unangenehme Situation entschärfen. Dann muss dir gar nichts mehr **PEINLICH** sein!

Mach mit!

Wir sammeln lustige peinliche Geschichten!
Unter dem Hashtag #unheimlichpeinlich
kannst du uns erzählen, was dir peinlich ist!

»Ich bin mal mit Klopapier am Schuh durch die halbe Schule gelaufen …«

»Bei meinem ersten Date hatte ich einen riesigen Pickel … Er allerdings auch!«

»Wenn ich vor anderen stolpere, ist mir das sehr peinlich …«

»Ich hab mal ein Tor nicht geschossen, das alle von mir erwartet haben – das war mir sehr unangenehm …«

»Ich bin mal beim Schummeln erwischt worden …«

»Mein Papa singt immer so laut im Auto … schrecklich …«

»Meine Mama hat uns echt den gleichen Pulli gekauft …«

Totenkopftörtchen-Rezept

Wenn Rubys Mom ihre berühmten Totenkopftörtchen macht, backt sie erst einmal ganz normale Schokomuffins, die sie im Nachhinein verziert.

SCHOKOMUFFINS GRUNDREZEPT

Menge: 12 Muffins
Zubereitungszeit: ca. 25 Minuten

WAS ICH BRAUCHE

1 mittelgroße Schüssel
1 Handrührgerät
12 Muffinförmchen

TIPP: Erweitere das Rezept durch gehackte Nüsse oder Mandeln, Schokoladenstückchen, Bananen- oder Apfelstückchen! Auch anderes Obst ist lecker! Am besten einfach ausprobieren!

ZUTATEN

175 g weiche Butter
175 g brauner Zucker
3 Eier
150 g Mehl
1 ½ TL Backpulver
15 g Kakaopulver
2 EL Milch oder Pflanzendrink

für die Deko:
weißer Fondant
eine Tube mit dunklem Zuckerguss

ZUBEREITUNG

- Es ist schlau, die Butter etwas früher aus dem Kühlschrank zu nehmen, damit sie schön weich wird.
- Muffinförmchen mit Papier auslegen
- Für den Teig in einer mittelgroßen Schüssel Butter, Zucker und Eier mit dem Handmixer verrühren. Anschließend das Mehl nach und nach dazugeben und schließlich auch noch das Backpulver und das Kakaopulver mit dem Rest vermengen. Zum Abschluss noch die Milch unterrühren.
- Den Teig auf die Muffinförmchen verteilen, die Förmchen jedoch nur zu ⅔ mit Teig befüllen, da die Muffins beim Backen aufgehen. Bei 180 °C Ober- und Unterhitze ungefähr 20 Minuten backen. Fertig sind die leckeren Schokomuffins, die du, sobald sie abgekühlt sind, wunderbar gruselig dekorieren kannst.

DEKO

Schneide aus weißem Fondant einen Schädel aus und male mit dunklem Zuckerguss Augen, Nase und Mund. Fertig ist das Totenköpfchen. Guten Appetit!

Danke

Wir danken unseren Ehemännern Christian und Riaz, die immer das vollste Verständnis haben, dass wir 3 bis 7 Mal am Tag telefonieren.

ZUBEREITUNG

- Es ist schlau, die Butter etwas früher aus dem Kühlschrank zu nehmen, damit sie schön weich wird.
- Muffinförmchen mit Papier auslegen
- Für den Teig in einer mittelgroßen Schüssel Butter, Zucker und Eier mit dem Handmixer verrühren. Anschließend das Mehl nach und nach dazugeben und schließlich auch noch das Backpulver und das Kakaopulver mit dem Rest vermengen. Zum Abschluss noch die Milch unterrühren.
- Den Teig auf die Muffinförmchen verteilen, die Förmchen jedoch nur zu ⅔ mit Teig befüllen, da die Muffins beim Backen aufgehen. Bei 180 °C Ober- und Unterhitze ungefähr 20 Minuten backen. Fertig sind die leckeren Schokomuffins, die du, sobald sie abgekühlt sind, wunderbar gruselig dekorieren kannst.

DEKO

Schneide aus weißem Fondant einen Schädel aus und male mit dunklem Zuckerguss Augen, Nase und Mund. Fertig ist das Totenköpfchen. Guten Appetit!

Danke

Wir danken unseren Ehemännern Christian und Riaz, die immer das vollste Verständnis haben, dass wir 3 bis 7 Mal am Tag telefonieren. ♥

Wir danken unseren **Eltern** für alle peinlichen Momente – wir haben sie im Buch so gut verwenden können!!!

Wir danken unseren Kindern und Katzen für ihre Selbstständigkeit.

Liebe Ruby,
es tut mir so leid, dass ich dir Angst eingejagt
habe mit der Erpressung. Ich dachte, es ist ein
Spaß. Ich wollte dir nicht wehtun.
Danke für die Schokolade, die war voll lecker.
Ich hoffe, du kannst mir verzeihen. Ich hab total
Mist gebaut.
Lass uns lieber wieder coole Videos zusammen
drehen. Das hat doch immer so Spaß gemacht.
Trotzdem schade, dass du mir den Zombie
Open World Shooter nicht gekauft hast. Aber es
ist ja bald Weihnachten.

Dein Horatio

COOL
Spider-app
SCHRÄG
152
Mathe
crazy
lustig